Collection
Harlequin®

Comme il est
doux d'entrer dans la
peau d'un personnage de roman,
de plonger dans une histoire qui n'est
pas la sienne et de pouvoir se dire :
"Et pourquoi une telle aventure ne
m'arriverait-elle pas à moi aussi ?…"

Car il n'y a pas d'âge pour aimer,
pas de frontière réelle entre le
rêve et la réalité.

Chaque mois,
Collection Harlequin vous
le prouve.

Le dernier bouquet de roses

Leigh Michaels

HARLEQUIN

*Cet ouvrage a été publié en langue anglaise
sous le titre :*

THE ROAD TO FOREVER

Publié originellement par
Mills and Boon Limited, London, England

© 1985, Leigh Michaels
© 1986, traduction française : Edimail S.A.
53, avenue Victor-Hugo, Paris XVIe - Tél. 45.00.65.00.
ISBN 2-280-00390-2
ISSN 0182-3531

Seul le cliquetis de ses hauts talons perturbait le silence qui régnait ce matin-là, aux abords de la *Compagnie Electronique Logan*, située dans la ville de Denver. Gaëlle éprouvait toujours le même plaisir lorsqu'elle franchissait l'entrée de la bâtisse imposante où elle occupait le poste de secrétaire de direction.

Tous les sols étaient couverts de marbre blanc ; les murs, tapissés de rouge et d'or, étaient agrémentés çà et là de luminaires splendides.

— Bonjour, Miss Bradley ! lança le jeune homme assis au bureau de la réception. Vous êtes en avance.

Gaëlle s'était levée de très bonne heure et, plutôt que de traîner chez elle, elle avait préféré regagner son poste aussitôt. Elle était dotée d'une conscience professionnelle hors pair, dont elle tirait une grande fierté.

Le jeune homme la dévisageait, curieux.

— Vous ne devriez pas être aussi matinale. M. Logan ne descendra pas tout de suite.

Il jeta un coup d'œil alentour avant de souffler à voix basse :

— Mᵐᵉ Weston est avec lui... Ils ne quitteront pas leur nid d'amour avant midi.

Gaëlle haussa les épaules, agacée.

— Ne soyez pas si médisant, Thomas.

Le jeune homme fronça les sourcils.

— Désolé, Miss Bradley... Cette réflexion m'a échappé. Cependant, vous n'ignorez pas...

— Les agissements de M. Logan ne me regardent pas, coupa Gaëlle.

— Allons, Miss Bradley, vous n'êtes tout de même pas aveugle ! Reconnaissez que notre patron se préoccupe plus de sa maîtresse que de son travail, depuis quelque temps.

— Peu m'importent ses activités extra-professionnelles. Je suis à son service pour le seconder et non pour l'espionner.

Thomas blêmit et serra les dents.

— Je ne vous comprends pas.

— Il me paie très convenablement... Vous n'avez pas à vous plaindre non plus, que je sache.

Sur ces mots, Gaëlle tourna les talons. Dans l'ascenseur, elle se contempla dans son miroir de poche. Ses joues plus roses que de coutume révélaient une certaine nervosité. Thomas avait-il raison de critiquer sa loyauté à l'égard de Jonathan Logan ? Elle avait pris sa défense alors qu'elle n'éprouvait aucun respect pour son patron... Mais depuis quelque temps, les ragots allaient bon train, entravant la bonne marche de la société. Or Gaëlle détestait que les affaires privées d'un individu interviennent dans sa vie professionnelle. Le personnel, oublieux de son devoir, passait son temps à médire de Jonathan Logan qui, pour sa part, se souciait fort peu de son image de marque. Si Thomas osait une remarque à propos de son aventure avec Nathalie Weston, Jonathan éclaterait de rire ouvertement... Son appartement, situé tout en haut de la bâtisse abritant la société, servait plus de nid d'amour que de logement.

Le bureau de Gaëlle se trouvait au dix-huitième étage. Elle s'y installa après avoir jeté un coup d'œil alentour pour s'assurer que tout était en ordre. Une grande baie vitrée donnait sur les faubourgs de

Denver. Le ciel était chargé de nuages bas qui nappaient la cime des collines avoisinantes. Gaëlle admirait ce panorama chaque jour. Denver se parait de nuances variées, plus belles les unes que les autres.

Gaëlle se débarrassa de son manteau de laine qu'elle suspendit dans l'entrée, puis vérifia l'état de son chignon. Elle portait une robe noire de coupe impeccable, sobre et élégante. Elle ne cherchait jamais à attirer l'attention sur elle et vivait dans l'ombre de son employeur.

Comme de coutume, elle s'attela à la tâche, rangea le bureau de Jonathan Logan, brancha son micro-ordinateur et tailla les crayons gras dont elle se servait couramment. Gaëlle répétait ces gestes machinalement depuis deux ans. Elle ne connaissait toujours pas ses collègues de travail, sans pour cela en souffrir. Elle s'était imposé une ligne de conduite austère depuis le jour où elle avait découvert que même l'amitié était une source de problèmes. Aujourd'hui, elle se réfugiait dans la solitude...

Les maquettes publicitaires posées sur son bureau attirèrent son attention. Une campagne devait commencer dans les semaines à venir pour le lancement d'un nouveau produit : un ordinateur ultra perfectionné.

L'appareil avait été photographié dans le hall où il se reflétait sur le marbre blanc. Dans ce décor dénudé, il était vraiment à son avantage. Le directeur de la publicité avait en l'occurrence fait preuve de génie. La silhouette de Nathalie Weston ne gâchait en rien le tableau. Elle portait une robe de mousseline blanche, tenait une ombrelle japonaise à la main, et dans ses yeux brillait une lueur de convoitise tandis qu'elle contemplait l'ordinateur à ses pieds. Plusieurs clichés la représentaient dans des poses et des tenues différentes. L'un d'entre eux provoqua un haussement de sourcils de la part de Gaëlle. Elle relevait sa jupe très haut et souriait d'un air aguicheur tout à fait hors de propos. Le directeur de la publicité avait commis une erreur regrettable en l'incluant au dossier. Jonathan ne l'apprécierait pas...

Gaëlle s'interrogeait sur l'attitude à adopter. Devait-elle subtiliser le cliché afin que son supérieur ignore jusqu'à son existence ? Elle ne savait guère quelle serait sa réaction. Elle le côtoyait depuis deux ans sans vraiment le connaître. Jonathan était un homme discret et indéchiffrable...

Contrairement aux prévisions de Thomas, il fit son apparition à la même heure que de coutume.

— Bonjour, Miss Bradley, lança-t-il sans lui accorder un regard, tandis qu'il se dirigeait à grands pas vers son bureau.

Gaëlle le suivit, son bloc-notes à la main. Sans un mot, elle s'assit sur la chaise où, chaque matin, elle communiquait à son patron les nouvelles du jour.

Jonathan s'installa à son tour, après s'être servi un café. Gaëlle se remémorait leur première rencontre. Elle avait été très impressionnée par sa prestance. Elle s'attendait à un savant échevelé et non à cet homme séduisant, aux traits réguliers et à l'élégance innée.

Gaëlle baissa soudain les yeux, gênée.

— Votre inspection se révèle-t-elle satisfaisante ? demanda Jonathan avec une arrogance que la jeune femme eut aussitôt envie de combattre.

— Vous avez besoin d'une bonne coupe de cheveux, rétorqua-t-elle calmement. Voulez-vous que je fixe un rendez-vous chez votre coiffeur habituel ?

La lueur de surprise qui brilla dans les yeux de Jonathan s'envola très vite.

— Passons aux choses sérieuses, voulez-vous ? La propagande pour notre nouvelle campagne publicitaire devrait être bien avancée ?

— C'est exact. Voici le dossier. Par ailleurs, j'ai

retrouvé le fichier *Softek* qu'il faudrait que vous consultiez avant ce soir.

— Très bien, merci. Je veux avoir tous les atouts en main avant de m'entretenir avec Russell Glenn.

Il ouvrit le dossier contenant les clichés pour les compulser distraitement.

— Souhaitez-vous que j'engage des recherches plus approfondies ce week-end ?

— Vous vous priveriez de repos, sans savoir si oui ou non j'aurai besoin de détails supplémentaires ? Votre présence pourrait se révéler inutile, vous savez ?

— Ce sont les aléas de mon métier, répliqua Gaëlle.

Jonathan reporta son attention sur les photos avant de déclarer :

— Ce ne sera pas nécessaire, Miss Bradley. Russell et moi ne parviendrons pas à un accord de si tôt, de toute façon. Voilà des semaines qu'il parle de vendre la *Softek,* sans se décider à engager une procédure dans ce sens.

La *Compagnie Electronique Logan* espérait remporter ce marché. L'acquisition d'une société de services de programmation permettrait une évolution rapide et garantie.

— Je n'arrive pas à comprendre Russell, reprit-il. Tous ses intérêts se trouvent en Californie. La filiale de Denver ne lui sert à rien. Pourquoi ne saisit-il pas l'occasion de s'en débarrasser avant qu'elle ne lui occasionne de sérieux soucis ?

Gaëlle ne prit pas la peine de donner son avis, puisque Jonathan n'avait pas posé de question directe mais simplement émis une réflexion à haute voix, comme il avait coutume de le faire. Elle consulta ses notes avant de dire :

— M. Peters a appelé ce matin. Il voulait savoir si vous comptiez passer par Pino Reposo avant de partir. Il ne vous a pas vu depuis longtemps, et...

— Inutile de me répéter son message mot pour mot, Miss Bradley. Je n'ignore pas l'opinion de mon majordome à mon égard.

Il s'interrompit pour contempler une photo de plus près. Il la retira du dossier avant de le refermer. Le cliché reposait à l'envers sur le bureau.

— Dites à Ron que son travail est remarquable, et qu'il choisisse parmi ces photos celle qu'il préfère. Les spots télévisés sont-ils prêts ?

— Ils le seront très bientôt.

— Parfait. Il nous reste à organiser la réception. Ne laissons rien au hasard.

Jonathan tapotait son bureau d'un geste nerveux. Il paraissait pressé d'en finir. Gaëlle s'apprêtait à prendre congé mais il l'en empêcha.

— S'il vous plaît, faites parvenir une douzaine de roses à Mᵐᵉ Weston qui séjourne au Brown Palace.

Gaëlle acquiesça d'un simple signe de tête.

— Peters et vous avez la même opinion de moi, n'est-ce pas ? Je ne vous inspire aucun respect !

La jeune femme croisa le regard narquois de son patron sans ciller. Elle s'étonnait cependant d'avoir provoqué une telle remarque.

— Vous juger ne fait pas partie de mes attributions, monsieur. A présent, si vous n'avez plus besoin de moi, j'aimerais me remettre au travail.

Il la congédia d'un geste de la main.

La météorologie nationale ne s'était pas trompée en prévoyant de la neige. Ce soir-là, tandis que Gaëlle montait dans le bus qui devait l'emmener chez son frère où elle était invitée, la ville de Denver était couverte d'un manteau blanc. La circulation était ralentie.

Jonathan s'était-il envolé comme convenu pour la Californie où il devait s'entretenir avec Russell Glenn ? Peut-être son vol avait-il été retardé en raison des conditions atmosphériques. C'était cependant peu probable car l'aéroport de Stapleton était bien équipé pour parer à toute éventualité. « Avec la chance qui le caractérise, le soleil l'accueillera à sa descente de l'avion, songea Gaëlle. Dans deux jours, il sera bronzé comme après avoir passé un mois aux Bahamas. »

Gaëlle contemplait les faubourgs de Denver par la vitre de l'autobus d'un air morose. Son frère habitait un quartier agréable, bien desservi heureusement par les transports. En d'autres circonstances, elle aurait renoncé à sa visite hebdomadaire. Tous les vendredis soirs, elle dînait chez Darrel. Cette routine lui portait un peu sur les nerfs mais Rachel, sa belle-sœur, se serait offusquée d'un changement, alors Gaëlle se pliait à ses exigences.

Darrel l'attendait sur le seuil de la maison.

— Je m'inquiétais à ton sujet, lui dit-il.

— Les autobus fonctionnent normalement.

— J'ai préparé des raviolis! cria Rachel de la cuisine dont la porte était entrebâillée.

Gaëlle se débarrassa de son manteau avant de rejoindre sa belle-sœur. Amy, sa petite nièce de trois ans, l'accueillit avec un large sourire. Gaëlle la prit dans ses bras pour déposer un tendre baiser sur ses joues rebondies. Puis, à la vue des cinq couverts disposés sur la table, elle demanda :

— Qui avez-vous invité ce soir ?

Rachel détourna les yeux, gênée.

— Oh... il s'agit d'un ami de Darrel.

Gaëlle, qui n'était pas dupe, secoua la tête d'un air contrarié.

— Nous en avons souvent discuté, Rachel. Je n'ai pas envie de faire la connaissance de qui que ce soit...

— Il serait temps que tu réagisses, coupa Rachel. Voilà des années que tu te replies sur toi-même. Tu n'autorises aucun homme à t'approcher.

— Je ne suis pas prête à envisager une liaison...

— Qui te parle de cela ? Tu pourrais simplement

11

sortir en bonne compagnie de temps à autre ! Je connais des dizaines de jeunes gens qui seraient ravis de te rencontrer.

— Parle-moi un peu de l'invité de ce soir. Qu'a-t-il d'exceptionnel ?

— Il est très gentil... Agé d'une trentaine d'années, riche et...

— Marié ?

— Mais non, voyons !

Gaëlle dévisagea sa belle-sœur d'un air soupçonneux.

— Depuis quand est-il divorcé ?

Rachel soupira, prise au dépourvu.

— Tu as vu juste... Depuis un an. Mais tu ne peux raisonnablement espérer rencontrer un individu parfait, libre de toute entrave.

— A-t-il des enfants ?

— Trois, admit Rachel à contrecœur. Son ex-épouse en a la garde. Quelle importance, de toute façon ?

— Oh, Rachel ! soupira Gaëlle, excédée.

— Ce n'est pas un péché, que je sache ? Tu aimes bien Amy, n'est-ce pas ?

— C'est différent. J'adore cette petite parce qu'elle est ma nièce ! Je ne me vois pas dans la peau d'une belle-mère. Non merci !

— Que veux-tu alors ?

— Qu'on me laisse tranquille. Je ne tiens pas à changer ma vie. J'aime mon travail et je gagne suffisamment d'argent pour subvenir à mes besoins.

— Je suis sûre que tu te sens seule, de temps à autre.

— Oui, comme tout le monde. Rachel, tu te souviens de Craig, n'est-ce pas ? Je ne l'oublierai jamais...

— Personne ne te le demande... mais il est mort, Gaëlle. La vie doit continuer.

La jeune femme ferma les yeux, blessée. Rachel regretta aussitôt ses propos.

— Excuse-moi. J'aimerais tant que tu sois heureuse. Il faut songer à ton avenir. Je voudrais t'aider...

Gaëlle sourit pour apaiser sa belle-sœur.

— Je m'occupe très bien de moi. Pour le moment, j'ai besoin de solitude et de réflexion... La prochaine fois que Darrel et toi convierez quelqu'un sans me prévenir, je ne resterai pas. Je déteste les rencontres organisées. J'ai l'impression d'avoir fait appel aux services d'une agence matrimoniale. C'est très désagréable, Rachel, comprends-moi !

— D'accord... mais je t'en prie, ne nous quitte pas ce soir. Tu verras, Larry est adorable.

— Songerais-tu à l'épouser si tu étais célibataire ?

Rachel écarquilla les yeux, surprise.

— Non... enfin, je ne sais pas...

— Ne t'inquiète pas, je reste... non pas pour rencontrer ton Prince Charmant, mais pour goûter à tes raviolis !

Gaëlle regretta sa décision dès qu'elle fut présentée à Larry. En dépit de son physique agréable, il lui déplut d'emblée. Elle réprima un frisson de dégoût au contact de sa main... Non, Gaëlle n'était pas prête à envisager une liaison avec un homme, aussi séduisant soit-il... Craig avait emporté dans la tombe le souvenir de leurs baisers passionnés...

Accablée de douleur, Gaëlle était devenue blême.

— Que se passe-t-il ? demanda Rachel, alarmée.

— Rien... Un malaise sans gravité. Je crois que j'ai besoin de repos. Je vais rentrer.

— Je vous ramène, proposa Larry.

— Ne vous dérangez pas, je prendrai un taxi.

— Je tiens à vous raccompagner...

Protester davantage eût été impoli et Gaëlle accepta l'offre de Larry, tout en maudissant son frère de l'avoir mise dans une telle situation.

La neige s'étant arrêtée, le trajet se fit sans encombre. Comme la voiture de Larry s'engageait dans l'allée qui menait à son appartement, Gaëlle consulta discrètement sa montre. Il était hélas trop tôt pour prétendre tomber de sommeil.

— Puis-je vous offrir un café ? demanda-t-elle sans enthousiasme.

Larry répondit par un sourire faussement timide qui eut le don de l'exaspérer.

Côte à côte, ils grimpèrent au premier étage de la bâtisse qui abritait son modeste logement. L'appartement austère de Gaëlle ne ressemblait en rien à la maison chaleureuse de son frère. Ici, tous les objets étaient à leur place ; les coussins, soigneusement disposés sur le canapé ; les livres bien droits sur leurs étagères ; pas la moindre trace de poussière n'apparaissait... L'appartement correspondait aux goûts de Gaëlle ; il reflétait le mode de vie monotone qu'elle s'était imposé.

— C'est joli, déclara Larry par politesse.

Il se dirigea vers le mur du fond où était suspendue une gravure de Salvador Dali, tandis que Gaëlle préparait le café.

— Qu'est-ce que cette toile représente ? cria-t-il.

— De quoi parlez-vous ? Du Dali ?

— S'agit-il d'un artiste connu ?

— Oui...

Gaëlle haussa les épaules, agacée par l'ignorance de son compagnon en matière d'art. Elle ne prit cependant pas la peine de parfaire son éducation.

Larry, adossé à la porte de la cuisine, demanda soudain :

— Vous comptez vraiment m'offrir un café ?

— Bien entendu ! Que voulez-vous dire ?

— Ne s'agirait-il pas d'un subterfuge destiné à masquer vos véritables intentions ?

Gaëlle posa les tasses et la cafetière sur un plateau d'un geste brusque.

14

— Vous croyiez sans doute que j'allais vous proposer de passer la nuit avec moi ? Nous nous connaissons à peine, Larry !

Il haussa les épaules et, sans la regarder en face, il rétorqua :

— Et alors ?

— Il n'en est pas question. Si vous souhaitez une tasse de café, je vous l'offre... sinon, partez ! Vous n'obtiendrez rien d'autre de moi. Est-ce clair ?

Larry s'installa confortablement dans un fauteuil avant de demander :

— Pas même un biscuit ?

— Hélas, je n'en ai plus.

Larry se réfugia derrière une façade narquoise pour masquer sa déception. Il n'avait visiblement pas l'habitude d'être éconduit de la sorte. Il n'insista cependant pas davantage.

Le silence pesait à présent. La situation étant clarifiée, les deux jeunes gens n'avaient plus rien à se dire. En l'absence de Darrel, ils étaient à nouveau de parfaits étrangers.

Larry but son café d'une traite avant de se lever, pressé d'en finir. Gaëlle l'accompagna à la porte où elle le salua froidement. Lorsqu'il eut disparu, elle poussa un profond soupir de soulagement. Néanmoins, cette scène l'avait affectée. Ses jambes tremblaient légèrement et son cœur battait la chamade.

Heureusement, un long week-end l'attendait. Elle finirait par retrouver son calme et oublier cet incident regrettable. Seule avec sa conscience, elle remettrait de l'ordre dans ses pensées... Si la solitude lui pesait pendant ces deux jours, elle visiterait l'une des nombreuses galeries d'art de Denver. Peut-être s'offrirait-elle une autre gravure de Dali, puisque ses moyens le lui permettaient...

Dès lundi, elle serait prête à affronter le monde sans plus aucune appréhension...

2

Gaëlle pensait être débarrassée de Larry. Hélas, le
jeune homme lui téléphona à plusieurs reprises le
lendemain. Gaëlle déclina chacune de ses invitations
et finit par débrancher son téléphone puisqu'elle
n'attendait aucun coup de fil urgent.

Le lundi matin, ce fut avec soulagement qu'elle
prit le chemin du bureau. Elle respira l'air frais à
pleins poumons...

— Gaëlle ! cria une voix dans son dos.

La voiture de Larry était stationnée devant son
immeuble.

— Bonjour ! lança-t-elle froidement en maîtrisant
sa fureur.

— Je pars à mon travail. Voulez-vous que je vous
dépose ?

— Non, merci ; mon autobus ne devrait pas tarder.

— Ne soyez pas ridicule. Profitez de l'aubaine !

— Très bien.

Trop lasse pour discuter, Gaëlle s'installa sur le
siège de la Mercedes. Elle ne reprochait rien à Larry,
pas même son insistance ; il la laissait tout bonnement indifférente. Cet homme ne serait jamais son
ami, ni son amant... Il fallait le convaincre de ne plus
l'importuner puisqu'il perdait son temps.

— Pourrions-nous déjeuner ensemble ? Je serai en ville toute la journée...

— Non, c'est impossible. Je ne quitte jamais mon bureau.

— Quelle tristesse ! Dînons ensemble, dans ce cas.

— Non... pas ce soir.

A peine eut-elle prononcé ces mots qu'elle les regretta. Au lieu de se montrer ferme, elle ne faisait que reculer l'échéance d'une rencontre à laquelle elle ne tenait pas.

— Mon patron rentre de Californie aujourd'hui... Je finirai tard.

Larry conduisait lentement comme s'il cherchait à prolonger leur entretien. Quand la Mercedes s'immobilisa devant la société, Gaëlle soupira. Elle bouillait intérieurement. Ce retard indépendant de sa volonté la contrariait au plus haut point.

Au moment de la quitter, Larry demanda :

— Puis-je au moins vous joindre dans la journée ?

— Mon patron déteste que ses employés reçoivent des appels personnels. Larry, je ne tiens pas à perdre mon emploi !

— Ce ne serait pas très grave. D'après ce que Darrel m'a dit à votre sujet, vos qualifications vous permettraient d'en trouver un autre rapidement. D'ailleurs, j'ai moi-même besoin d'une secrétaire... Mais c'est d'accord, je ne vous appellerai pas avant ce soir.

Gaëlle sortit vivement de la voiture après avoir salué Larry. Elle se mit à marcher précautionneusement dans la neige afin de ne pas glisser. Au moment où elle s'apprêtait à pousser la porte de la société, une main gantée de noir se posa sur son épaule.

— Bonjour, Miss Bradley ! lança Jonathan.

— Vous êtes déjà de retour ! grinça-t-elle sous le choc de cette rencontre imprévue.

— Projetiez-vous un coup d'état en mon absence ? interrogea-t-il, railleur.

— Je m'étonne simplement que vous ayez quitté le soleil californien aussi rapidement.

— Je suis rentré samedi.

Gaëlle le dévisagea, songeuse. Ses traits tirés révélaient une extrême fatigue, sans doute due à une nuit blanche... Nathalie Weston était bien le genre de femme à vider un homme de son énergie... Mais il s'agissait peut-être d'une nouvelle conquête ; une hôtesse de l'air, par exemple. Gaëlle le saurait très vite puisque Jonathan envoyait toujours des fleurs à ses maîtresses ; or, cette tâche lui incombait...

Le jeune homme scrutait son visage comme s'il voulait deviner ses pensées.

— En réalité, j'ai passé le week-end à Pino Reposo, afin que Peters et vous cessiez de me rappeler mes devoirs.

Gaëlle pénétra dans le hall après avoir répondu à la remarque de Jonathan par un haussement d'épaules indifférent. Elle se contenta d'un hochement de tête en passant devant la réception sous le regard médusé de Thomas. Puis, elle précéda Jonathan dans l'ascenseur.

— Voilà plus d'un mois que vous n'êtes pas rentré chez vous. Pourquoi garder cette maison si elle ne vous plaît pas ?

— Je l'adore mais elle est trop éloignée de Denver.

— Vendez-la pour en acheter une autre plus proche !

— C'est absurde ! J'ai la chance de posséder un logement dans cet immeuble quand mes affaires me retiennent en ville. Je m'isole de temps à autre à Pino Reposo qui, comme son nom l'indique, est un lieu propice au repos.

— J'aime la consonnance espagnole de ce nom, prononcé par vous.

Gaëlle eut envie d'ajouter qu'avec sa chevelure

d'un noir de jais et son teint hâlé, Jonathan avait un physique de *caballero.*

— Miss Bradley, vous êtes une romantique.

— Pas vraiment ! répliqua-t-elle en souriant.

L'ascenseur s'immobilisa soudain, sans la moindre intervention de ses deux occupants. La lumière s'éteignit et la ventilation cessa de fonctionner. Bloquée entre deux étages, la cabine paraissait ne plus vouloir bouger.

— Que se passe-t-il ? bougonna Jonathan. Voilà des années que j'aurais dû moderniser les équipements de la société !

— Cela n'aurait rien changé. Une panne nous aurait immobilisés de la même manière.

— Ce qui m'énerve en vous, c'est que vous avez toujours raison ! Bon, je retire mon pardessus. Il fait une chaleur étouffante ! Pourquoi construit-on des ascenseurs aussi exigus ?

— Du calme, monsieur Logan ! Le courant sera rétabli dans un instant.

— Je déteste gaspiller mon énergie et perdre mon temps !

— A quel étage sommes-nous, à votre avis ?

— Entre le dixième et le onzième, je crois... Quel ennui !

— Pourtant, vous aimez les appareillages rustiques et les vieilles maisons ! railla Gaëlle.

— C'est exact... Mais je leur demande de fonctionner à la perfection. Je m'assieds, si vous n'y voyez aucun inconvénient.

Le silence s'installa un instant. Jonathan avait retrouvé une partie de son calme.

— Vous vous êtes trompée, Miss Bradley. Nous sommes prisonniers depuis plus longtemps que vous ne l'escomptiez. Installez-vous confortablement !

A tâtons, Gaëlle explora la cage d'ascenseur et ses mains rencontrèrent le boîtier qui contenait en principe un téléphone à utiliser en cas d'urgence. Hélas, il était vide.

— Je me demande si quelqu'un nous a vus monter, dit Jonathan, pensif.

— Oui... Thomas.

— Ah ! Si nous avons de la chance, il s'apercevra de la panne dans une heure.

— J'ai la désagréable sensation d'être enterrée vivante.

— J'espère que vous ne souffrez pas de claustrophobie ! En tout cas, gardez vos impressions pour vous ! Je n'ai pas envie de les partager.

Gaëlle se laissa glisser au sol en soupirant.

— Vous n'avez aucune considération pour vos employés, marmonna-t-elle. Vous auriez pu équiper vos ascenseurs de bancs !

— Quelle bonne idée ! Installer des sièges réduirait la contenance de cette cage à un utilisateur, deux au maximum... à condition qu'ils partagent une certaine intimité !

Gaëlle se mordit la lèvre et fronça les sourcils. Elle détestait ce genre de sous-entendu. Cependant, elle méritait une réflexion désobligeante en raison de son attitude irrespectueuse. Dès qu'ils sortiraient de ce maudit ascenseur, Gaëlle se comporterait à nouveau en parfaite secrétaire, et Jonathan en patron.

— Qui vous a déposée au bureau ce matin ? interrogea-t-il soudain.

Elle hésita un instant avant de répondre.

— Un ami.

— Votre fiancé, peut-être ?

Cette question eut le don d'irriter Gaëlle au plus haut point.

— Non...

— Vous mentez !

— Que voulez-vous dire, monsieur ?

— Vous n'étiez pas chez vous ce week-end, n'est-ce pas ? J'ai essayé de vous joindre sans résultat.

— J'avais débranché mon téléphone. Mais… qui vous a donné mon numéro ?

— Je connais l'alphabet depuis l'âge de douze ans. J'ai consulté l'annuaire. G. L. Bradley s'y trouve !

— Evidemment…

— A propos, quel est votre prénom ? En avez-vous un ? Vos parents vous auraient-ils affligée d'initiales uniquement ?

— Une femme qui vit seule préfère ne pas dévoiler son prénom. C'est par souci de sécurité qu'il n'apparaît ni dans le bottin, ni sur ma boîte à lettres.

— Laissez-moi deviner… Golda, Gertrude, Gladys, Geneviève…

— Lequel me convient le mieux, à votre avis ?

— Aucun.

— Tant mieux… Je m'appelle Gaëlle.

Jonathan n'émit aucun commentaire.

— Je me demande si l'on essaie de nous sortir de là, dit-il soudain, déterminé visiblement à changer de sujet.

— Depuis combien de temps sommes-nous bloqués ?

— Vingt minutes environ.

— Seulement ?

— Ne dites à personne que vous vous êtes ennuyée en ma compagnie ! Ma réputation en souffrirait.

Gaëlle esquissa un sourire amusé. Les autres employées de la société se seraient réjouies de ce tête-à-tête…

— Attendons encore cinq minutes, puis nous cognerons à la porte. Quelqu'un finira bien par nous entendre.

— Ce sont de belles illusions…

Piquée par la curiosité, Gaëlle demanda soudain :

— Pourquoi m'avez-vous appelée, ce week-end ?

— Vous m'aviez proposé votre aide !

— Désolée… Je n'aurais pas dû débrancher le téléphone.

— En effet.

— Comment s'est passé votre voyage ? Russell, Glenn et vous êtes sans doute parvenus à un accord puisque vous êtes déjà de retour.

— Hélas non ! A mon arrivée, les termes de la vente étaient modifiés.

Au même moment, la cage de l'ascenseur s'illumina avant de se mettre en marche. Quelques secondes plus tard, elle s'ouvrit sur un groupe d'ouvriers.

— Merci d'être venus à notre secours ! rugit Jonathan.

— Nous allions tenter un sauvetage, expliqua le chef de l'entretien.

— Que s'est-il passé ? interrogea Jonathan en le suivant.

Gaëlle perçut quelques mots tandis que les deux hommes s'éloignaient à grands pas : « Panne de secteur… toute la ville… »

— Je suis désolé, Miss Bradley, murmura Thomas dans son dos.

— Ce n'est pas votre faute !

— J'avais oublié votre présence dans l'ascenseur. Vous avez souffert de la chaleur, n'est-ce pas ?

Gaëlle sourit pour le rassurer.

— Oui… mais tout va bien maintenant. Je n'ai pas très envie de monter au dix-huitième !

— Oh, vous ne risquez rien ! Voulez-vous que je vous accompagne ?

— Non merci, répliqua-t-elle en s'enfermant à nouveau dans l'ascenseur.

Elle retint sa respiration jusqu'à ce que la porte s'ouvre sans encombre sur son bureau. Après s'être débarrassée de son manteau, elle remit un peu d'ordre dans ses cheveux et se poudra le visage. Elle pouffa à la vue de ses joues empourprées. Thomas soupçonnait sans doute son patron de ne pas s'être conduit en galant homme ! Gaëlle sourit à son reflet échevelé avant de se mettre à l'ouvrage.

Une jeune secrétaire lui apporta le courrier, une lueur malicieuse dans les yeux.

— Comment s'est passé ce tête-à-tête avec M. Logan ? interrogea-t-elle, curieuse. Il a beaucoup de charme, n'est-ce pas ?

— Dans le noir, il aurait pu s'agir de n'importe qui, vous savez !

— Avouez que vous avez passé un bon moment !

— Désolée ; je préfère encore aller chez le dentiste !

— De quoi avez-vous parlé ?

Comme Gaëlle ne répondait pas, elle ajouta en baissant le ton :

— A propos, est-ce vrai que le canapé du bureau est convertible en lit ?

A ce moment, la sonnerie du téléphone retentit mettant ainsi un terme à la curiosité de la secrétaire qui finit par s'éclipser.

— Gaëlle ?

— Oui, répliqua la jeune femme, surprise d'entendre la voix de Rachel, sa belle-sœur.

— J'ai appris que tu as été bloquée dans un ascenseur...

— Les nouvelles vont vite à Denver !

— Je ne t'appelle pas pour ça, mais pour savoir si tu as passé un bon week-end. Larry...

— Quand tu le reverras, dis-lui de me laisser tranquille, coupa Gaëlle.

— Pourquoi ? C'est un gentil garçon, prévenant, sympathique...

— Il me relance sans arrêt. Il ne m'intéresse pas... Je vais finir par me montrer désagréable...

— Surtout pas ! Darrel en souffrirait... Cette solitude où tu te réfugies a assez duré. Il est grand temps que tu acceptes un peu de chaleur humaine.

— Larry m'indiffère totalement. Je n'y peux rien ! Je réfléchirai à ce que tu m'as dit ; c'est promis.

— Je l'espère, soupira Rachel. Cesse de te cacher les réalités de la vie, ma chérie... Nous en discuterons plus longuement vendredi.

— Nous parlerons d'autre chose, si tu n'y vois pas d'inconvénient.

— Tu t'es enterrée avec Craig... Pourtant, tu n'étais même pas son épouse !

— Et alors ? Nous nous aimions... Ecoute, j'ai beaucoup de travail. Je te rappellerai dans la semaine. Au revoir, Rachel.

Sans attendre de réponse, Gaëlle raccrocha. En dépit de son désir d'oublier cette conversation, elle se la remémorait mot pour mot, comme pour s'en imprégner. Rachel aurait-elle raison ? Etait-ce absurde de préférer la solitude à la compagnie de jeunes gens de son âge ? Si Craig était encore en vie, jamais Gaëlle ne se serait repliée sur elle-même. A l'époque de leur amour, elle était vive, enjouée. Depuis sa mort, elle ne croyait plus à l'amour, ni même à l'amitié...

Le chef de l'entretien sortit soudain du bureau de Jonathan en s'épongeant le front.

— Il est de fort mauvaise humeur ! bougonna-t-il à voix basse.

— C'est compréhensible...

— Non. Vous aussi, vous étiez bloquée dans ce maudit ascenseur ! Vous ne m'avez pas assailli de reproches injustes ! Je n'étais pas responsable de la panne !

L'interphone grésilla, suivi de la voix de Jonathan.

— Miss Bradley, rejoignez-moi sur-le-champ, intima-t-il sèchement.

Gaëlle se leva d'un bond, bloc-notes en main.

Jonathan se tenait de dos, devant la baie vitrée de son bureau. Il paraissait plongé dans sa contemplation. Au bout d'une minute interminable,

Gaëlle se décida à interrompre le cours de ses pensées.

— Monsieur, voulez-vous que je revienne plus tard ? demanda-t-elle d'une voix douce.

C'est alors qu'il se retourna, une lueur étrange dans le regard.

— Non, asseyez-vous, je vous en prie.

Il ne la quittait pas des yeux. Gênée, Gaëlle baissa la tête sur son bloc.

— J'aimerais vous dicter le compte rendu de mon voyage, reprit-il.

Soulagée, Gaëlle se mit à l'ouvrage sans accorder cependant une grande attention aux notes qu'elle prenait en sténo. Il s'agissait de chiffres, de commentaires globaux, sans grand intérêt... Soudain, elle sursauta.

— Je ne suis pas sûre d'avoir bien compris votre dernière phrase.

— Relisez-la, intima-t-il en croisant les bras sur sa poitrine.

— « M. Glenn n'est plus disposé à vendre la *Softek*. Il envisage une fusion avec la *Compagnie Electronique Logan*. Il me propose donc d'épouser sa fille, afin de faciliter la procédure... » Ce n'est pas là ce que vous m'avez dicté, n'est-ce pas ?

— Il n'y a pas la moindre erreur.

— Votre mauvaise humeur s'explique ! s'écria Gaëlle en maudissant aussitôt sa franchise.

Jonathan la fusilla du regard mais il se contenta de demander :

— Qu'en pensez-vous ?

— Vous a-t-il vraiment suggéré cette solution ?

— Oh, pas immédiatement. Nous avons contourné le problème, envisagé diverses solutions. L'idée d'une fusion est venue assez tard. C'est alors qu'il m'a demandé si je connaissais sa fille, en précisant qu'elle serait l'unique héritière de tous ses biens.

— Vous en avez déduit qu'il songeait à un mariage de convenance. C'est un peu rapide, ne croyez-vous pas ?

— Je suis allé en Californie ; pas vous, Miss Bradley !

— Excusez-moi... mais je trouve vos conclusions un peu hâtives. Etes-vous sûr de ce que vous avancez ?

— Je suis une cible de premier choix !

— Mais sa fille est âgée d'une dizaine d'années, il me semble !

— Erreur ! Elle a vingt ans.

Gaëlle secoua la tête, abasourdie.

— Peut-être ne s'intéresse-t-elle pas plus à vous que vous ne vous intéressez à elle ?

— Ce genre de considération n'entre pas en ligne de compte. Personne ne lui demandera son avis.

— Dans ce cas, vos projets me paraissent compromis. Abandonnez-vous la partie ?

— Pas question ! Je veux la *Softek* et je l'aurai.

Gaëlle le dévisagea un instant avant de sourire, amusée.

— Russell Glenn a le sens du commerce !

— Vous trouvez ?

— Que comptez-vous faire, monsieur ?

— Que me conseillez-vous, Miss Bradley ? Je me trouve dans une position délicate. Si je refuse l'offre de Russell, il ne me cédera jamais la *Softek*. Si j'accepte, du jour au lendemain, je serai affligé d'une épouse.

— Peut-être refusera-t-elle de se prêter à ce jeu sordide ?

— Cela m'étonnerait. Dans ce milieu, on préfère une union de choix à un mariage d'amour.

— Alors, c'est sans issue. Je ne vois pas ce que vous pourriez tenter.

— J'aimerais connaître vos suggestions.

— Désolée, je n'en ai aucune... De plus, je ne

crois pas un mot de cette histoire, monsieur. De telles procédures n'ont plus cours, de nos jours. Nous ne sommes plus au Moyen Age !

— Je pense ne pas avoir été mis au courant d'un détail fondamental. Russell prétend que l'idée vient de lui. Quant à moi, je suis persuadé que sa fille a tout manigancé.

— Alors...

— Inutile d'en discuter davantage, coupa-t-il soudain en fronçant les sourcils. J'ai déjà pris ma décision. J'ai invité Russell et sa fille à Pino Reposo, le week-end prochain.

— Mais...

Jonathan l'interrompit à nouveau.

— Je fêterai mes fiançailles.

Après un long silence pesant, Gaëlle inspira profondément avant de déclarer, plus sèchement qu'elle ne l'aurait voulu :

— Mes sincères félicitations... Mais pourquoi m'avez-vous parlé de tout ceci, alors qu'épouser Miss Glenn ne vous perturbe pas le moins du monde ?

— Vous vous méprenez !

— Que voulez-vous dire ?

— J'ai l'intention de me fiancer... mais pas avec la fille de Russell ! Dès que la *Softek* m'appartiendra, je romprai avec l'heureuse élue de quelques jours, et le tour sera joué !

— C'est un plan diabolique, mais j'avoue que c'est une excellente idée. Nathalie Weston sera parfaite dans ce rôle...

— Elle est mariée. Ce ne serait guère une fiancée crédible !

Interloquée, Gaëlle ne comprenait pas pourquoi Jonathan lui parlait de ses projets...

— Qui avez-vous choisi ? s'enquit-elle, piquée par la curiosité.

Jonathan esquissa un sourire narquois, un sourire de fauve...

— Russell sera ravi de faire votre connaissance, Gaëlle.

Les mains crispées sur son bloc, la jeune femme ouvrit de grands yeux effarés.

— Vous séjournerez avec moi à Pino Reposo, le week-end prochain, reprit-il. Vous êtes d'accord, n'est-ce pas, ma chérie ?

3

— Vous... n'êtes pas sérieux? balbutia Gaëlle, stupéfaite, tandis que Jonathan la dévisageait sans mot dire. C'est une plaisanterie? reprit-elle, fiévreuse.

— Pas du tout.

— Je suis sûre que vous vous sortirez de ce guêpier sans recourir à une telle procédure...

— Non, Gaëlle, c'est la seule solution.

La jeune femme leva la tête pour toiser son compagnon d'un air hostile.

— C'est hors de question!

— Je regrette de vous impliquer dans cette histoire. Vous n'aimez pas votre travail?

— Si, bien sûr...

— Alors, si vous voulez le conserver...

Jonathan n'en dit pas davantage. Il n'avait pas besoin de préciser sa pensée... Gaëlle se sentait nauséeuse, au bord de l'évanouissement.

— Je vous comprends, Miss Bradley. Votre fiancé verra cette mission d'un mauvais œil. J'ignorais que vous n'étiez pas libre. Je ne connais malheureusement personne d'autre pour me rendre un tel service.

Jonathan comptait sur sa secrétaire depuis deux ans, sans avoir jamais eu à lui reprocher un retard ou un travail inachevé. Gaëlle s'était pliée à ses exigences sans se plaindre, mais cette fois il dépassait les bornes. Elle décida de mentir effrontément, espérant ainsi mettre un terme à cette situation absurde.

— Je ne tiens pas à compromettre mes rapports avec mon fiancé.

Il la toisa d'un air méprisant avant de demander :

— Vos collègues savent-ils que vous projetez de vous marier ?

— Je ne parle jamais de ma vie privée.

— Dans ce cas, il vous suffit de tout expliquer à votre… ami. Je vous promets que Russell et moi signerons un accord très rapidement ; sans doute dès lundi prochain. Est-ce vraiment trop vous demander ?

Gaëlle réfléchissait aux avantages que cette comédie lui apporterait : Larry ne l'importunerait plus…

— Cela durera seulement quelques jours, insista Jonathan. Russell et Krystal…

— Vous prétendiez ne pas connaître sa fille !

— C'est exact.

— Ne l'avez-vous donc jamais rencontrée ?

— Non. Elle était à l'université, et depuis qu'elle a obtenu son diplôme, elle voyage de par le monde aux frais de son père. Elle rentre d'Italie cette semaine. Vendredi soir, Russell et sa fille s'installeront à Pino Reposo pour n'en repartir que lundi. Dès qu'ils s'envoleront pour la Californie, nous serons libres de nos actes.

Gaëlle secoua la tête.

— Je suis désolée ; je ne suis pas une actrice. Je risque de tout gâcher. Trouvez quelqu'un d'autre !

— Pourquoi vous ai-je choisie, à votre avis ? demanda-t-il avec brusquerie.

Gaëlle se remémorait les jeunes et jolies conquêtes de Jonathan, au cours des deux dernières années ; toujours très élégantes, raffinées, sophistiquées. Gaëlle ne leur ressemblait pas…

— Pas pour mes charmes ! railla-t-elle avec une pointe d'amertume. Honnêtement, j'ignore les raisons de votre choix. L'une de vos anciennes maîtresses serait ravie de vous rendre ce service…

— Certes, mais aucune d'entre elles ne comprendait qu'il ne s'agisse que d'une comédie. Je ne veux pas me retrouver piégé !

— Vous avez une piètre opinion du mariage.

— Je n'y crois pas. Par ailleurs, voir le même visage chaque matin à la table du petit déjeuner me déplairait fortement.

— Il suffit de le prendre au lit de temps à autre ! ironisa Gaëlle sans sourire.

— De toute façon, vous êtes l'heureuse élue. Vous avez le choix entre accepter ou quitter votre emploi sur-le-champ.

— C'est charmant ! Pourquoi en arriver à une telle conclusion, alors que les femmes ne manquent pas sur terre ?

— Simplement parce que, pris au dépourvu par l'offre de Russell, j'ai inventé une délicieuse histoire d'amour nous concernant.

— Vous avez donc menti ! Russell Glenn est déjà au courant… Comment comptez-vous lui soutirer la *Softek* ?

— Sur le moment, il ne m'a pas cru…

— C'est compréhensible ! Quand on vous connaît, on vous imagine mal dans la peau d'un fiancé attentionné !

Gaëlle se mordit la lèvre, gênée d'avoir émis une remarque aussi désobligeante. Jonathan se contenta d'un haussement de sourcils amusé.

— Gaëlle, aidez-moi, je vous en prie. Dans quelques jours, tout rentrera dans l'ordre. Peut-être les papiers seront-ils signés ce week-end, dès que Russell aura compris que son plan ne peut aboutir.

Jonathan tiendrait ses promesses… or Gaëlle ne voulait pas perdre son emploi. La mission dont il la chargeait n'avait après tout rien d'obscène.

— Vous vous prêtez à un chantage monstrueux, monsieur, murmura-t-elle.

— Je le reconnais... mais je suis acculé. Bon, puisque vous acceptez, sachez que vous serez rémunérée en conséquence.

Il jeta un coup d'œil sur sa robe noire avant d'ajouter :

— J'aimerais que vous portiez des vêtements un peu plus gais, si ce n'est pas trop vous demander. Prenez votre après-midi et faites donc quelques emplettes. Je vous rembourserai, bien entendu.

— Non merci, monsieur. Je n'accepterai aucun cadeau de votre part.

Jonathan écarquilla les yeux.

— Ce n'en est pas un !

Gaëlle se sentit blessée par cette remarque de mauvais goût.

— Russell Glenn ne tombera pas dans le piège... Je devrais peut-être m'enorgueillir d'avoir été choisie ? Désolée, mais la perspective du week-end à venir ne m'enchante pas.

— Je n'ai pas le choix. Vous êtes la personne qu'il me faut. Lorsque Russell m'a poussé à prendre une décision, j'ai aussitôt pensé à vous. Pour quelle raison ? Je ne saurais le dire. J'ignorais que cette idée vous offusquerait à ce point.

Gaëlle ne contint pas sa fureur davantage.

— Vous vous attendiez à un cri de joie de ma part ?

Après un long silence, Jonathan reprit :

— Que décidez-vous, Gaëlle ?

— J'accepte... à condition que vos affaires se règlent rapidement.

— Tout dépend de vous. Jouez votre rôle à la perfection, et Russell comprendra que sa fille n'a aucune chance. Dès que la situation sera clarifiée, vous retrouverez votre fiancé, et je ne vous importunerai plus, n'ayez crainte.

32

— J'ai encore plus hâte que vous d'en terminer, croyez-moi, monsieur.

Aussitôt après avoir quitté Jonathan, Gaëlle s'enferma un instant dans les toilettes. Elle frémit à la vue de ses traits tirés. Elle aspergea son visage d'eau fraîche dans le vain espoir de calmer son angoisse. Hélas, la scène qu'elle venait de vivre n'était pas un cauchemar...

De retour dans son bureau, elle se mit à l'ouvrage avec acharnement. Jonathan avait quitté la société pour se rendre à l'usine de Denver. Gaëlle ne le reverrait sans doute pas avant le lendemain. Néanmoins, chaque fois que la porte s'ouvrait, la jeune femme sursautait, en proie au malaise.

En fin d'après-midi, elle reçut la visite du directeur de la publicité. Il ne restait plus qu'une demi-heure avant la fermeture des bureaux, et Gaëlle attendait ce moment avec impatience. Contrairement à ses habitudes, elle ne passerait pas plus de temps que nécessaire à son poste.

— Jonathan est-il là ? demanda le visiteur, un homme replet et jovial, bien connu pour son manque d'élégance.

Ce jour-là, il portait un pantalon vert réhaussé d'un pullover orange.

— Il est parti à l'usine, Ron, répondit Gaëlle tout en rangeant son bureau.

Le jeune homme la contemplait, amusé.

— Vous êtes pressée, on dirait ! Quand le chat n'est pas là, les souris dansent... Excusez-moi de vous comparer à un animal aussi peu sympathique !

— Ron, êtes-vous venu me complimenter ?

— Pas seulement. Jonathan a-t-il compulsé mon dossier ?

— Oui... tenez. Il vous laisse le choix de la photo qui vous plaît le plus. Cependant, je vous conseille d'éviter les clichés érotiques, la prochaine fois... à moins que vous ne souhaitiez perdre votre emploi.

33

Ron haussa les épaules, indifférent.

— Je ne m'inquiète pas pour si peu ! Jonathan se moque éperdument de Nathalie pour qui il n'éprouve qu'une attraction passagère... comme d'habitude.

M. Logan a pourtant retiré la photo du dossier. Il paraissait mécontent.

— Il la joindra à sa collection personnelle !

Gaëlle rougit sensiblement. A l'idée qu'on apprenne sa présence à Pino Reposo le week-end suivant, elle se sentait embarrassée. Les commentaires iraient bon train...

— Dites-moi donc ce qu'il a de si séduisant, demanda Ron d'un air perplexe. Pourquoi toutes les femmes tombent-elles à ses pieds ?

— Je l'ignore. L'argent y est pour quelque chose, je pense.

— Il jouit d'une fortune colossale, certes. Cependant, je crois que si Jonathan n'était qu'un simple comptable, il aurait autant de succès auprès des femmes.

Après un long silence, il reprit :

— Que pensez-vous de lui, Gaëlle ? Notre seigneur et maître vous plaît-il ? Auriez-vous trouvé l'oiseau rare capable de faire battre votre cœur ?

« Je ne le cherche pas. » songea Gaëlle.

La sonnerie du téléphone retentit, lui permettant ainsi de ne pas répondre à la dernière question de Ron.

— Miss Bradley ? demanda une voix bien timbrée que la jeune femme reconnut aussitôt.

— Bonjour, madame Logan.

Un rire aimable suivit.

— Mon beau-frère a raison lorsqu'il prétend que sa secrétaire est une perle rare ! J'appelais pour le remercier. Le vase qu'il m'a offert est merveilleux.

— Hélas, M. Logan s'est absenté.

— Peu importe. Je suis sûre que le choix du vase

ne vient pas de lui ; je me trompe ? Merci, Miss Bradley. Vous avez très bon goût.

Gaëlle sourit. Une vague de chaleur la submergeait chaque fois qu'elle s'entretenait avec Elizabeth Logan. Elle ne l'avait jamais rencontrée. Le frère de Jonathan et son épouse s'éloignaient rarement de Chicago où les retenaient leurs affaires. Cependant, il émanait une extrême gentillesse de cette femme dont Gaëlle ne connaissait que la voix.

Soudain, Nathalie Weston fit irruption dans le bureau sans frapper. Elle paraissait de fort mauvaise humeur et fixait Gaëlle, une lueur menaçante dans le regard. La jeune femme éloigna le combiné de ses lèvres pour demander :

— Puis-je vous aider, madame Weston ?

— Etes-vous toujours pendue au téléphone ? Jonathan se trompe à votre sujet ! Vous n'êtes pas la parfaite secrétaire dont il parle !... Est-il dans son bureau ?

— Non...

— Dans ce cas, je l'attends.

Elle s'installa dans le fauteuil le plus proche sous le regard narquois de Ron qui gardait cependant le silence.

— Miss Bradley, êtes-vous toujours à l'écoute ? demanda Elizabeth

— Bien sûr, madame Logan... Oui, je lui dirai que vous avez appelé.

A peine Gaëlle eut-elle raccroché que Nathalie s'écria d'un air scandalisé :

— Madame Logan !

Ron éclata de rire à la vue de sa mine décomposée.

— Cela vous étonne qu'il existe une Mme Logan ? Il y a pourtant un M. Weston quelque part !

— Mêlez-vous de ce qui vous regarde ! rugit Nathalie.

— Permettez-moi de vous donner un conseil... amical. A votre place, je m'en irais, car si je ne m'abuse, vous n'avez pas rendez-vous avec Jonathan. Il déteste les visites surprises.

Nathalie le fusilla du regard sans broncher.

— Par ailleurs, reprit le jeune homme, M. Logan ne repassera pas par le bureau. Il a certainement mieux à faire !

Il s'interrompit soudain, les yeux écarquillés. Jonathan se tenait sur le seuil de la pièce, une lueur narquoise dans le regard.

— Vous avez raison, Ron. Bravo, vous êtes très perspicace ! A présent, si vous voulez bien nous excuser, ma fiancée et moi sommes attendus chez le bijoutier. Etes-vous prête, Gaëlle ?

La jeune femme, pétrifiée, ne put prononcer le moindre mot. Elle ferma un instant les yeux, certaine d'avoir rêvé. Lorsqu'elle les rouvrit, trois individus la contemplaient, dont deux bouche bée. Sans demander leur reste, Nathalie et Ron disparurent.

— Avez-vous reçu des appels en mon absence ? s'enquit Jonathan, imperturbable.

— Oui. Elizabeth...

Il composa aussitôt le numéro de sa belle-sœur.

Gaëlle l'écoutait d'une oreille distraite, perdue dans ses sombres pensées. Elle sentait encore le regard hostile de Nathalie posé sur elle. En d'autres circonstances, la situation l'aurait amusée...

Pourquoi Jonathan avait-il provoqué cette scène ? Dans quel but ? Gaëlle était à présent compromise. Dès le lendemain, personne ne la regarderait plus de la même manière...

Lorsque Jonathan raccrocha, quelques minutes plus tard, Gaëlle avait retrouvé ses esprits.

— Pourquoi avez-vous dit une chose pareille ? demanda-t-elle calmement.

— De quoi parlez-vous ?

— Cessez ce jeu stupide, je vous en prie ! Je pense à Nathalie Weston et à Ron qui...

— Je n'ai pas pu m'empêcher de les remettre à leur place, coupa-t-il.

Gaëlle se sentit envahie de haine pour son patron.

— Vous rendez-vous compte des conséquences de vos actes ? Demain, on ne parlera plus que de vos fiançailles.

— Cela m'étonnerait que la nouvelle tarde jusque-là !

— Vous êtes odieux !

— Pourquoi ? Je n'ai fait que dire la vérité ! En excluant certains détails, je l'admets !

— Avez-vous songé à moi, monsieur Logan ? Non, bien entendu.

Jonathan secoua la tête.

— La première règle en affaires est de ne jamais tenir pour secrète une nouvelle qui risque de s'ébruiter. Les fuites sont fréquentes ; mieux vaut les éviter afin de rester maître de ses actes.

— C'est ridicule ! rugit Gaëlle.

— Tout se passera bien, rassurez-vous. Dès que tout le monde sera au courant, aucun ragot ne circulera plus. Les gens se lasseront. D'autre part, je préfère que mes employés connaissent mes projets, au cas où Russell mènerait sa propre enquête de ce côté.

— Seigneur... quand nous romprons nos fiançailles...

Gaëlle retenait ses larmes avec difficulté.

— Ecoutez, il valait mieux prendre les devants puisque tout le monde aurait su, à un moment ou à un autre, que nous avions passé un week-end ensemble à Pino Reposo. Préférez-vous être l'objet de médisances injustes ?

Comme Gaëlle gardait obstinément le silence, il ajouta :

— Les gens croiront à une vraie histoire d'amour, puisque contrairement à mes habitudes, je ne me serai pas servi de mon... « nid d'amour ».

— Vous connaissez donc le surnom...

— Bien sûr! coupa-t-il en riant. Ce n'est pas très original de la part de mon personnel!... Je ne plaisantais pas au sujet du bijoutier... Il nous attend!

— Je ne veux pas de bague!

— Quelle obstination! soupira Jonathan. Russell...

— Je me moque de cet homme!

— Vous avez accepté de m'aider! Dois-je vous le rappeler?

Jonathan jeta un coup d'œil alentour.

— Où est votre manteau? Dépêchons-nous. Le bijoutier m'a promis de fermer un peu plus tard que de coutume. Je ne voudrais cependant pas abuser de sa gentillesse.

Gaëlle enfila sa veste et suivit Jonathan dans l'ascenseur. Ils montèrent à bord de la Jaguar stationnée devant la société sans échanger le moindre mot.

— C'est une belle voiture, n'est-ce pas? demanda Jonathan en démarrant en trombe.

Puis il répondit à sa propre question.

— Oh oui, Jonathan!... Merci Gaëlle, je suis ravi qu'elle vous plaise!

— Monsieur Logan... commença Gaëlle avant d'être interrompue.

— Jonathan.

— Monsieur Logan, j'ai changé d'avis. Je refuse de me prêter à cette comédie. Je démissionne...

— Trop tard! Je vous poursuivrai en justice pour avoir manqué à vos promesses.

— Est-ce possible?

— Je l'ignore...

— Monsieur Logan, je ne plaisante pas!

— Miss Bradley, ironisa-t-il, cessez de m'appeler par mon nom de famille. Nous sommes fiancés! A propos, le bijoutier est un ami; je lui ai parlé... de votre sens de l'humour. Il ne vous prendra pas au sérieux lorsque vous prétendrez ne pas vouloir de bague.

— Monsieur...

Il lui lança un coup d'œil furieux qui la découragea. Trop lasse pour discuter, elle capitula.

— Très bien, Jonathan... Je jouerai mon rôle.

A peine eut-elle prononcé ce prénom qu'elle rougit, gênée.

— Non... je n'y arriverai pas, se reprit-elle.

— Je vous demande un service ! Et puis, vous êtes sous mes ordres et me devez obéissance !

— Alors là, vous exagérez !

— Si je vous ordonnais de m'accompagner à Tokyo sur-le-champ pour affaires, vous n'hésiteriez pas un seul instant !

— Ce serait différent.

Gaëlle ne comprenait pas ce qui lui arrivait. Alors qu'elle menait une vie sereine, elle se retrouvait tout d'un coup plongée dans un cauchemar...

Jonathan coupa le moteur et invita Gaëlle à descendre de voiture.

— Je vous déteste, murmura-t-elle.

Toute trace d'humour disparut des yeux du jeune homme lorsqu'il rétorqua :

— Miss Bradley, si je vous obligeais à m'épouser, vous auriez des raisons de vous plaindre. En l'occurrence, vous ne pouvez même pas me reprocher la moindre familiarité.

Gaëlle tourna la tête, agacée.

— Soyons raisonnables ! Vous ne risquez rien. Cessez de vous agiter comme si on essayait de vous violer !

— Loin de vous cette idée, n'est-ce pas ? répliqua-t-elle sèchement.

— Excusez-moi, Gaëlle. Vous êtes une fille charmante mais...

— Je ne suis pas votre genre, coupa-t-elle, furieuse.

— C'est exact, admit-il en riant.

Il paraissait ravi d'avoir mis les choses au point. Sans un mot de plus, ils s'engagèrent dans une rue commerçante pour s'arrêter presque aussitôt devant une vitrine luxueuse.

— Monsieur Logan ! s'écria un petit homme jovial à leur arrivée. Il s'agit de votre fiancée, n'est-ce pas ? Soyez la bienvenue... Débarrassez-vous de vos manteaux. Il faut être à son aise pour choisir un bijou. Je vous ai préparé mes plus jolies pièces, quelques diamants...

— Inutile ! coupa Jonathan. Gaëlle n'aime pas les diamants.

— Je n'ai jamais dit une chose pareille ! reprocha la jeune femme.

Jonathan l'enveloppa d'un regard tendre avant de l'enlacer d'un bras pour l'entraîner devant les présentoirs. Dès qu'ils furent installés à une petite table tapissée de velours rouge, le bijoutier ajusta ses lunettes sur son nez pour dévisager Gaëlle avec un grand sérieux.

— Qu'aimeriez-vous porter ?

Jonathan répondit le premier.

— Un bijou original, de préférence.

— Un rubis, peut-être ?

— Non, c'est trop commun.

— Une topaze alors ?

— Voyons, il s'agit de fiançailles, pas d'un cadeau d'anniversaire !

— Quelque chose de plutôt... voyant, railla Gaëlle.

— Quelle couleur envisagez-vous ?

La jeune femme fronça les sourcils d'un air songeur puis ses lèvres s'ouvrirent en un sourire éclatant.

— Orange ! lança-t-elle.

— Quelle bonne idée ! s'écria Jonathan. C'est une couleur qui sied bien aux brunes aux yeux noirs. Il faudra vous procurer une tenue assortie !

Saisi d'une soudaine inspiration, le bijoutier se mit à fourrager dans l'un des tiroirs du bureau pour en sortir un coffret de petite taille.

— J'ai ce que vous cherchez, déclara-t-il fièrement. Un saphir...

— Mais le saphir est bleu !

— C'est une grossière erreur ! Il existe des saphirs de toutes les couleurs : violets, jaunes, verts... La famille des saphirs est associée à la planète Vénus ; c'est un choix judicieux pour des fiançailles ! A présent...

Avec une lenteur exagérée, il souleva le couvercle du coffret. Gaëlle ouvrit de grands yeux émerveillés à la vue de son contenu : un anneau surmonté d'une énorme pierre orange, sertie de minuscules éclats de diamants.

Jonathan souriait.

— Elle vous plaît, n'est-ce pas ?

— Bien sûr ! Comment pourrait-il en être autrement ?

Le bijoutier ouvrit la bouche pour leur en indiquer le prix mais Jonathan l'en empêcha d'un geste de la main.

— Vous m'enverrez la facture. Je ne veux pas que ma fiancée connaisse la valeur de ce bijou, voyons ! La lui révéler serait faire preuve d'un manque de tact impardonnable !

Gaëlle passa l'anneau à son doigt, d'un air incrédule. Dès que le bijoutier se fut éloigné, Jonathan demanda à voix basse :

— Vous en êtes tombée amoureuse, n'est-ce pas ?

— C'est un bijou extraordinaire !

— S'il nous aide à convaincre Russell Glenn de ma bonne foi, vous le garderez.

— C'est impossible...

— J'y tiens, coupa-t-il d'un ton sans réplique. Je veux cette société de programmation. J'ai décidé de l'acheter, et personne ne m'en empêchera. Je mettrai tout en œuvre...

Gaëlle blêmit devant la détermination de Jonathan. Cet homme était prêt à tout... Jusqu'où irait-il ?

4

Gaëlle faisait ses bagages quand elle s'interrompit pour consulter sa montre. Dans cinq minutes, Jonathan Logan s'annoncerait à sa porte, et ensemble ils prendraient le chemin de Pino Reposo. Gaëlle était en retard mais son anxiété ne venait pas de là. La perspective du week-end la remplissait d'effroi.

Le saphir à son doigt brillait d'un éclat lumineux qui retenait souvent son attention. Jamais Gaëlle n'avait possédé de bijou de valeur. Elle se sentait coupable et gênée à la fois, estimant ne pas avoir le droit de le porter. Cependant, la bague ne la quittait plus depuis le jour où elle était sortie de la bijouterie, au bras de Jonathan... Il avait fait preuve d'une générosité extraordinaire... mais après tout, un homme aussi riche que lui pouvait se permettre ce type d'extravagance lorsque ses intérêts étaient en jeu.

L'empire de Jonathan se verrait consacré, si à ses multiples possessions s'ajoutait la *Softek*. La *Compagnie Logan* se réjouirait de l'acquisition de cette société de programmation dont elle était autrefois cliente.

De toute façon, Jonathan était déterminé à l'obtenir, de gré ou de force. Gare à celui, ou celle, qui oserait contrecarrer ses projets...

Gaëlle plia soigneusement les vêtements qu'elle

comptait emporter, mais son esprit vagabondait. Jonathan était un homme surprenant. Il paraissait obsédé par un rêve : faire de son produit le meilleur sur le marché. Il recherchait la perfection la plus achevée.

« Il ressemble à ses ordinateurs, songea Gaëlle. Il ne possède aucune humanité ; il est insensible à l'art, à la beauté, dans le vrai sens du terme. »

Certes, il aimait le confort, le luxe, les voitures, les femmes... Gaëlle ne l'imaginait pas plus attaché à ses maîtresses qu'à ses cigares ou son whisky. Après avoir obtenu ce qu'il voulait d'une femme, Jonathan lui envoyait un bouquet de fleurs... en guise d'adieu. L'élue d'un soir n'avait rien d'autre à attendre de lui.

Ses maîtresses étaient passées à un rythme déroutant depuis deux ans. Elles avaient un point commun : un physique agréable...

Soudain, la sonnerie du téléphone retentit, suivie de peu par trois coups à la porte d'entrée. Gaëlle décrocha vivement en priant son correspondant de patienter, puis elle se précipita à la rencontre de Jonathan. S'il osait une remarque à propos de son retard, il partirait seul pour Pino Reposo, décida Gaëlle.

Contrairement à ses prévisions, il se montra charmant.

— Prenez votre temps, je ne suis pas pressé.

Puis il fronça les sourcils d'un air faussement sévère.

— Je vous avais pourtant recommandé de ne pas vous habiller de noir !

— Je n'ai pas eu le temps de me changer.

Sur ces mots, Gaëlle tourna les talons et reprit le combiné. Larry s'impatientait à l'autre bout du fil.

— Serez-vous absente ce week-end ?

— En effet, acquiesça Gaëlle sans lui révéler le but de son départ.

44

Larry ne se serait pas contenté d'une explication rapide.

— J'espérais passer une soirée en votre compagnie !

— Désolée.

Tout en écoutant les plaintes de Larry, Gaëlle observait Jonathan à la dérobée, tandis qu'il arpentait le salon. Lorsqu'il se posta devant la gravure de Dali, elle fronça les sourcils. Elle ne perdrait pas de temps à lui expliquer ce qu'elle représentait.

— Gaëlle, quand vous déciderez-vous à accepter l'une de mes invitations ? demandait Larry.

— Nous en reparlerons la semaine prochaine. A bientôt.

Elle raccrocha d'un geste brusque qui provoqua un haussement de sourcils de la part de Jonathan.

— Votre fiancé n'est pas content, on dirait !

— Le seriez-vous ? rétorqua Gaëlle. Imaginez donc que votre fiancée vous abandonne pour un autre homme !

— Je ne m'en offusquerais pas... En supposant que je sois très attaché à ma promise, je m'expliquerais d'homme à homme avec l'autre.

Puis il changea de sujet.

— C'est une jolie gravure, dit-il en indiquant le Dali du menton.

Gaëlle bouillait intérieurement. Elle espérait de tout cœur que Jonathan se retrouve un jour en mauvaise posture, face à un mari jaloux...

— Aimez-vous les surréalistes ? interrogea-t-il, une lueur de surprise dans le regard.

— Cela vous étonne ? Vous vous attendiez sans doute à trouver chez moi de vieux calendriers épinglés aux murs ! Excusez-moi un instant ; il faut que je termine mes bagages. Si vous voulez du café, il y en a à la cuisine.

Une demi-heure plus tard, Gaëlle n'était toujours pas prête. Elle n'arrivait pas à se décider sur le choix des tenues à emporter. Par la porte entrebâillée de sa chambre, elle cria :

— Vous vous habillez le soir, à Pino Reposo ?

— Normalement, oui. Peters serait gêné de me servir à table si je me présentais dans le plus simple appareil.

Gaëlle haussa les épaules avant de marmonner :

— Ce n'est pas exactement ce que je voulais dire.

Jonathan la rejoignit à temps pour l'aider à boucler sa valise.

— Je peux très bien y arriver seule !

— Vous me surprenez, Gaëlle. Je vous imaginais plus dans un couvent que dans cet appartement.

— Vous a-t-on déjà dit que vous manquiez de tact ?

— Très souvent !

Ses yeux s'attardèrent soudain sur un cadre posé sur la table de chevet.

— Serait-ce votre fiancé ?

— Oui, acquiesça Gaëlle en contemplant le beau visage de Craig.

— Avez-vous vraiment besoin d'une photo pour vous souvenir de lui ?

Gaëlle détourna les yeux, bouleversée par cette question, pourtant anodine. Sans un mot, elle enfila son manteau, saisit son sac à main et se dirigea vers la porte.

Lorsqu'ils montèrent à bord de la Jaguar, Jonathan rompit le silence.

— Excusez-moi Gaëlle... quelle que soit l'erreur que j'ai commise. Cet homme est-il votre amant ?

— Non...

La jeune femme se maudit d'avoir répondu aussi vite.

— Il existe des gens pour qui l'amour physique est secondaire, ajouta-t-elle avec une pointe d'agressivité. Croyez-vous à l'amour, au moins ?

— Bien sûr ! Cependant les hommes se transforment en guimauve quand ils aiment une femme. Mon frère Grady en est un bon exemple ! Dès qu'Elisabeth s'absente plus de cinq minutes, il s'agite, s'impatiente. C'est absurde !

Ses lèvres s'écartèrent en un large sourire lorsqu'il ajouta :

— Je savais que sous vos airs froids se cachait une romantique. C'est d'ailleurs pour cette raison que je vous ai choisie. Vous êtes la fiancée idéale.

Gaëlle brûlait d'envie de gifler cet homme arrogant et imbu de sa personne. Elle opta pour la raillerie.

— Je ne risque pas d'attirer vos regards ou votre attention !

Le sourire de Jonathan se figea.

— Ce n'est pas ce que je voulais dire. Vous seriez fort séduisante, Gaëlle, si vous portiez des tenues plus gaies. En réalité, vous ne vous intéressez pas plus à moi que je… Désolé.

Mais Jonathan ne s'en tirerait pas à si bon compte…

— Je suis l'insignifiance même !

— Décidément, vous avez raison de critiquer mon manque de tact. Plus je tente de m'expliquer, plus je m'embourbe. Avouez cependant que je n'ai aucune chance auprès de vous, puisque vous êtes fiancée !

— En effet… monsieur, rassurez-vous, vous ne risquez rien !

Il poussa un profond soupir de soulagement.

— Je suis ravi de l'apprendre, Miss Bradley.

Gaëlle éclata d'un rire franc qui détendit aussitôt l'atmosphère. Le trajet se poursuivit agréablement, tout comme leur conversation.

Gaëlle n'était jamais allée à Pino Reposo, comme la plupart des employés de la *Compagnie Logan*, d'ailleurs. Jonathan en parlait comme d'un asile, un havre de paix où il faisait bon se reposer après l'agitation de la ville. Gaëlle téléphonait parfois à Peters, le majordome, quand son maître avait un message à lui communiquer. Ce qui la surprenait le plus était l'invitation destinée à Russell et Krystal Glenn. Pourquoi Jonathan ne leur avait-il pas réservé une suite à l'hôtel le plus proche ?

— Parlez-moi de Peters... Est-il aussi discret et respectueux qu'il le paraît au téléphone ?

— Oh oui ! D'ailleurs votre venue l'angoisse terriblement. Il est doté d'une timidité maladive.

La Jaguar serpentait à présent dans les rues d'un village au pied d'une colline, avant d'entamer l'ascension d'une route très escarpée.

— Lui avez-vous dit qu'il s'agissait d'une mise en scène ?

— Non, bien sûr ! Gaëlle, voici la deuxième règle à connaître en affaires : un secret ne se révèle qu'en cas de besoin.

— Quand cette mascarade prendra fin, j'aurai reçu une éducation exemplaire !

— C'est exact. J'espère que vous appréciez votre chance à sa juste valeur. Il se pourrait que je vous confie la responsabilité d'une filiale.

Gaëlle secoua la tête.

— Non ! Un poste de direction ne m'intéresse pas. Gardez vos maux de tête !

— Merci de m'offrir votre aide ! Sachez cependant que vous êtes une excellente secrétaire.

Gaëlle jeta un coup d'œil furtif sur son profil sérieux, et ses doutes s'estompèrent ; Jonathan était sincère.

— J'espère que vous vous en souviendrez la prochaine fois, avant de me confier une mission de ce genre !

Jonathan se contenta de sourire. La voiture venait de tourner à angle droit et se trouvait à présent devant un immense portail de fer forgé qui donnait sur une allée bordée de pins. Au bout d'une centaine de mètres, les pins s'espacèrent ; dans la clairière ainsi dégagée s'élevait une bâtisse imposante de style espagnol. Son toit de tuiles rouges était à moitié enfoui sous une épaisse couche de neige. A la vue de cette merveilleuse maison, Gaëlle eut le souffle coupé. Ce que Jonathan appelait son refuge campagnard ressemblait plus à un manoir.

Il gara la voiture devant la voûte qui menait à l'entrée. Gaëlle sentait son malaise croître. Elle n'était pas à la hauteur de la situation...

— Calmez-vous, recommanda Jonathan qui avait perçu son trouble.

— Vous m'aviez caché...

Gaëlle s'interrompit. A quoi bon provoquer une scène ? Il était désormais trop tard pour reculer.

La porte s'ouvrit soudain sur un animal minuscule qui s'agitait en tous sens. On aurait dit un jouet dont la mécanique s'affolait.

— Est-ce un chien ? s'enquit Gaëlle, les yeux écarquillés.

Jonathan finit par calmer l'animal hystérique en le prenant dans ses bras.

— C'est un Yorkshire-terrier, expliqua-t-il en souriant.

— Le moins qu'on puisse dire, c'est qu'il est vif !

— Cela vous étonne que j'en sois le propriétaire, n'est-ce pas ?

— En effet... le contraste est saisissant.

— Il s'appelle Underdog... On me l'a offert.

Peters apparut sur le seuil.

— Vous tombez bien ! lança Jonathan en se tournant vers le majordome. Débarrassez-moi de cette bête.

— Donnez-le-moi, proposa Gaëlle en tendant les bras.

L'animal ne protesta pas. Les oreilles dressées, il contemplait la nouvelle venue de ses yeux brillants. Qui pouvait bien avoir offert ce chien à Jonathan ? se demandait la jeune femme, perplexe.

Peters s'avança, un sourire timide aux lèvres.

— Je suis ravi de vous connaître, Miss Bradley. Le déjeuner est servi. Puis-je vous débarrasser de votre manteau… et du chien ?

Underdog se remit à aboyer furieusement, mécontent de devoir suivre le majordome.

Jonathan invita Gaëlle à le précéder dans la maison. Le hall aboutissait sur une pièce immense dont le sol carrelé de rouge sentait bon la cire. Une sculpture occupait le centre de la salle, meublée par ailleurs de bancs rustiques et de plantes vertes gigantesques. Une baie vitrée donnait sur une cour intérieure, couverte d'un toit de verre et ornée d'une fontaine.

— C'est merveilleux ! murmura Gaëlle, impressionnée.

— Vous visiterez le reste après le déjeuner. Promenons-nous un instant dans le jardin d'hiver, si vous voulez.

— Volontiers.

A peine eurent-ils quitté le hall, qu'un délicieux parfum de fleurs les submergea, pour le plus grand plaisir de Gaëlle.

— Nous sommes en plein hiver… sous les tropiques.

Elle tourna son visage rosi par la surprise vers son compagnon qui se baissa soudain pour effleurer ses lèvres d'un baiser fugitif. Gaëlle recula vivement.

— Il faudra vous montrer plus chaleureuse si nous voulons convaincre Russell de notre amour ! reprocha Jonathan.

— Pourquoi m'avez-vous… embrassée ?

— Principalement parce que Peters nous observe de la salle à manger. D'autre part, je préfère jouer mon rôle dès maintenant afin de ne pas vous surprendre lorsque Russel et Krystal seront parmi nous.

50

— Que voulez-vous dire exactement ?

— Voyons, Gaëlle, réfléchissez ! Nous ne serons pas très convaincants si vous sursautez chaque fois que je vous approche... J'aimerais vous poser une question indiscrète : êtes-vous toujours... aussi froide ?

— Cela ne vous regarde pas, marmonna la jeune femme, furieuse et blessée à la fois.

— Il faut que je vous apprenne...

— Jusqu'où comptez-vous aller, monsieur ? Je suis prête à vous aider, à condition de ne pas dépasser certaines limites... Je n'ai pas besoin de... cours !

Jonathan hocha la tête d'un air sceptique.

— Votre froideur s'explique d'une seule façon : vous n'avez pas rencontré de partenaire à la hauteur, voilà tout.

— Cela suffit ! Allons déjeuner... j'ai faim.

Gaëlle toucha à peine aux mets posés devant elle. Peters la réprimanda gentiment. La jeune femme le rassura du mieux qu'elle put, prétextant un manque d'appétit dû au voyage.

Ils ne s'attardèrent pas à table. Sitôt le déjeuner terminé, Jonathan joua son rôle de guide. La jeune femme le suivait sans mot dire. Sur ses gardes, elle appréhendait un nouvel élan de sa part.

La cour intérieure desservait toutes les pièces de la maison. Les chambres s'ouvraient d'abord sur un petit balcon, puis sur le jardin d'hiver.

— Vous devriez mettre des numéros sur les portes, suggéra Gaëlle, impressionnée par le nombre de pièces. Vos invités ne risqueraient plus de se perdre !

— Cette maison n'est pas immense, vous savez, protesta Jonathan. Il n'y a que cinq chambres d'amis en dehors de mes quartiers et des pièces principales.

— Certes, il s'agit d'un logement modeste ! ironisa Gaëlle.

— Aimeriez-vous visiter mon antre ? Non ? Je

m'en doutais. Si vous changez d'avis, n'hésitez pas à profiter du sauna.

— Merci beaucoup, monsieur.

— Ecoutez, Gaëlle. Je ne profiterai pas de l'occasion pour vous séduire !

— Vous me rassurez ! soupira-t-elle.

Elle retenait sa fureur avec difficulté. Jonathan était odieux, et sa franchise humiliante. Pourquoi lui disait-il aussi clairement qu'il n'éprouvait pas le moindre intérêt à son égard ? Il ne se comportait guère en galant homme !

Le tour de la maison étant achevé, ils revinrent au salon.

— Les Glenn ne devraient plus tarder, déclara Jonathan. Ils ont réservé une voiture à l'aéroport et...

Mais Gaëlle ne l'écoutait pas. Elle contemplait une gravure, dans un cadre de bois, suspendue au-dessus de la cheminée. Elle quitta son compagnon pour s'en approcher.

— Je comprends votre étonnement à la vue du Dali qui se trouve chez moi, souffla-t-elle.

— En effet, je suis resté pantois.

— Celui-ci est encore plus beau que le mien... Tout y est : le symbolisme le plus pur... J'ignorais que vous aimiez ce type de peinture.

— En réalité, je n'y connais rien. Ma mère m'a offert cette toile. Pour elle, elle représente la fuite du temps.

— Elle a raison ! Regardez l'horloge qui se décompose et la tour qui s'écroule...

— Je ne crois pas à ce genre de divagation.

— Voyons, Jonathan ! N'êtes-vous pas sensible à la poésie, à l'imaginaire ?

— Désolé, je fabrique des ordinateurs. Mon éducation n'est toutefois pas responsable de ce que je suis devenu. Ma mère a tout tenté pour m'inculquer l'histoire de l'art... Quand mon frère et moi étions enfants, elle nous a fait visiter toutes les galeries de New York en une semaine.

— Qu'en avez-vous retenu ?

— Pas grand-chose, je l'avoue.

— Aimez-vous la sculpture qui se trouve dans le hall ?

— Je vais vous décevoir : elle était dans la maison... Mon cas est désespéré, Gaëlle.

Un aboiement étouffé leur parvint de la cuisine dont la porte était fermée. Gaëlle libéra Underdog de sa prison. Posté dans le hall, il se mit alors à hurler à la mort pour qu'on le laisse sortir. Peters le chassa d'une tape sur l'arrière-train.

— Un jour, je rôtirai cet animal ! bougonna Jonathan.

— Ne dites pas une chose pareille ! Underdog est une adorable petite bête...

Gaëlle s'interrompit à la vue des deux silhouettes qui avançaient côte à côte dans l'allée. Plus ils approchaient, plus leurs traits devenaient distincts.

Russell Glenn était un homme courtaud qui souffrait un peu d'embonpoint. La jeune femme à ses côtés portait un manteau de fourrure d'une élégance extraordinaire.

Ce fut seulement à l'intérieur de la maison que Gaëlle se rendit compte de la beauté de Krystal Glenn. Ses yeux étirés sur les tempes et bordés de longs cils étaient d'un bleu profond, étrange. Elle avait une bouche sensuelle, aux lèvres bien ourlées et un ravissant petit nez en trompette. Son visage, encadré de boucles d'un blond lumineux, s'éclaira à la vue de ses hôtes.

Gaëlle se maudit d'avoir accepté le rôle confié par Jonathan... Il regrettait sans doute sa décision à présent qu'il connaissait la fille de Russell... Elle était belle, riche à souhait ; une compagne idéale pour un homme de son envergure...

5

Gaëlle se tenait sur l'une des collines en surplomb de Pino Reposo. Elle contemplait la maison à la lueur du soleil couchant de cette fin d'après-midi, respirant l'air frais à pleins poumons. Rien ne perturbait le silence environnant excepté le bruissement du vent dans les arbres. Soudain, un gloussement lui parvint et Gaëlle se retourna pour contempler la scène à ses pieds.

Krystal tentait de gravir la colline, chaussée de skis dont apparemment elle ne savait se servir. Elle ne ressemblait plus à la ravissante citadine de la veille, mais à un pantin malhabile.

Le sourire de Gaëlle se figea soudain. Jonathan s'était approché de Krystal pour lui enserrer la taille et l'aider à gravir les derniers mètres. Une lueur tendre et amusée brillait dans ses yeux.

Depuis leur première rencontre, Jonathan et Krystal ne se quittaient plus. La jeune femme le suivait partout, s'accrochait à son bras, lui lançait des regards langoureux sans se soucier de Gaëlle qui, pour sa part, attendait avec impatience le moment de partir. Jonathan ne lui accordait plus la moindre attention depuis l'arrivée de ses invités. Le week-end touchait heureusement à sa fin...

Krystal ne connaissait rien à l'informatique, et ses remarques naïves prêtaient à sourire. Mais Jonathan, montrait une patience tout à fait inhabituelle en lui expliquant le fonctionnement de la *Compagnie Logan*. Gaëlle ne se mêlait pas à leur conversation, préférant s'entretenir aimablement avec Russel, un homme charmant à tous points de vue...

Comme les deux jeunes gens approchaient du sommet, Gaëlle quitta prestement la colline. Elle prit de l'élan pour gravir le dernier monticule enneigé avant la maison. Elle glissait avec grâce et légèreté sur ses skis...

Parvenue à destination, elle jeta un coup d'œil derrière elle. Krystal paraissait essoufflée et de mauvaise humeur. Gaëlle l'entendit protester :

— Je n'y arriverai jamais. Je préfère marcher.

— C'est encore plus difficile que de skier ! Vos pieds s'enfonceront profondément dans la neige.

« Et vous abîmerez la piste ! » songea Gaëlle en fronçant les sourcils.

— J'ai trop chaud ! reprit Krystal. Je n'en peux vraiment plus.

Jonathan répliqua, impatient :

— Je vous avais prévenue ! Pourquoi portez-vous une telle tenue ?

— Je pensais bien faire...

— Vous auriez dû accepter les vêtements que Gaëlle vous proposait.

A ces mots, la jeune femme ouvrit de grands yeux surpris. Pour la première fois, Jonathan approuvait la garde-robe de Gaëlle qu'il avait critiquée quelques jours plus tôt.

Gaëlle entama la descente vers la maison, soucieuse de se mettre à l'abri et de ne plus voir le couple séduisant que Krystal et Jonathan formaient.

Bientôt, après un dernier repas, un dernier petit déjeuner en commun, Gaëlle retrouverait sa sereine routine...

Russell Glenn se tenait sur le seuil de la maison, d'où il scrutait l'horizon en plissant les yeux. A la vue de Gaëlle, il eut un large sourire.

— Venez donc vous réchauffer ! Auriez-vous semé Jonathan et Krystal ?

En dépit du fait qu'il était un père trop indulgent, gâtant sa fille à outrance, Russell n'en était pas moins sympathique.

— Ils arrivent, ne vous inquiétez pas. Krystal est épuisée, la pauvre. Nous avons trop skié, cet après-midi.

Russell éclata de rire.

— J'ai eu raison de ne pas vous accompagner ! Je ne tiens pas à retourner en Californie sur une chaise roulante.

— C'est absurde ! Vous risquiez simplement de vous froisser un muscle.

— Je préfère le golf !

La porte d'entrée s'ouvrit au même moment sur Krystal.

— Seigneur ! Plus jamais je ne tenterai une telle expérience ! s'écria-t-elle.

Jonathan la suivait.

— Pourtant, ce n'est rien à côté des pistes d'Aspen ! Vous n'avez eu qu'un aperçu des neiges du Colorado.

Krystal haussa les épaules, agacée.

— Que voulez-vous boire, Gaëlle ? demanda Russell.

— Rien pour le moment. Mes cheveux sont dans un état pitoyable.

Quand elle enleva son bonnet, sa lourde chevelure tomba sur ses épaules en un flot soyeux.

— Ne les attachez pas, intima Jonathan en approchant.

Avec un sourire, il disposa les boucles de Gaëlle autour de son visage rougissant.

— Mais...

— Obéissez. Laissez-moi faire.

56

— Il faut que je les brosse.

— Nous sommes tous un peu dépenaillés, mais cela n'a aucune importance, dit-il en déposant un baiser tendre sur le bout de son nez. Buvez donc un verre ; vous vous recoifferez plus tard.

Gaëlle se contenta d'acquiescer d'un mouvement de la tête. L'attitude de Jonathan la perturbait. Elle ne parvenait pas à jouer son rôle de fiancée comblée, se sentant aussi mal à l'aise qu'une mauvaise actrice devant un public indifférent.

Soudain, elle croisa le regard haineux de Krystal qui, sur le seuil du salon, n'avait rien perdu de la scène. Heureusement, Jonathan prit la parole, rompant la glace.

— Que pensez-vous du ski de fond ?

Gaëlle se tourna vers lui et accepta le verre qu'il lui tendait.

— Cela me semble plus facile que le ski de piste, moins dangereux mais aussi moins excitant.

— Je n'arrive pas à croire que vous en faisiez pour la première fois, déclara Jonathan en souriant. Vous êtes vraiment une native du Colorado !

— Les deux disciplines se ressemblent un peu. Si l'on en maîtrise une, l'autre ne pose pas trop de difficultés.

— Vous skiez depuis des années, je présume ? dit Krystal sur un ton faussement intéressé.

— Depuis des décennies ! je me suis cassé la jambe à Winter Park à l'âge de six ans.

Krystal hocha la tête.

— C'est une seconde nature pour vous. Je ressens la même chose lorsque je pratique le surf. Bien entendu, je n'ai pas commencé il y a vingt ans !

— Le surf ne m'attire vraiment pas, déclara Jonathan en s'écroulant dans un fauteuil confortable.

— Vous dites cela parce que vous n'avez jamais essayé ! protesta Krystal. Quand vous viendrez en Californie, je vous montrerai à quel point ce sport est facile. Avec votre grâce naturelle, vous progresserez très vite, j'en suis sûre.

Ce compliment adressé à Jonathan était justifié, concéda Gaëlle en serrant son verre entre ses mains. Néanmoins, émis par Krystal, il perdait toute sa valeur.

— Je vais prendre des cours de ski, reprit Krystal. Après tout, si je compte vivre dans le Colorado, il vaut mieux que je trouve à m'occuper l'hiver.

Gaëlle sursauta, sous le regard ironique de Krystal, tandis que Jonathan l'observait, perplexe.

— Papa ne vous a-t-il rien dit ? J'ai décidé de m'installer à Denver et de prendre la succession de la *Softek*. Je viens de terminer mes études. Il est temps que je songe à les mettre à profit.

Le regard de Jonathan était indéchiffrable. Pas la moindre lueur de surprise ne brillait dans ses yeux. Peut-être cette perspective le comblait-il de joie puisqu'il appréciait la compagnie de Krystal...

Gaëlle réunit ses boucles en un chignon strict pour le dîner. Peu lui importaient les désirs de Jonathan. De toute façon, il ne remarquerait sans doute pas le changement, trop occupé à s'entretenir avec Krystal. Il se contenterait d'une simple réflexion de façon à jouer son rôle de fiancé jusqu'au bout.

Gaëlle ne s'était pas trompée. Jonathan ne lui accorda pas la moindre attention tout au long de la soirée. Lorsqu'elle regagna sa chambre, elle se maudit d'avoir rénové sa garde-robe avant de partir pour Pino Reposo. Non seulement elle avait dépensé beaucoup d'argent pour rien, mais elle avait aussi perdu un temps précieux. Auprès de Krystal, elle n'était qu'un pâle reflet insipide. Les regards de Jonathan s'étaient portés dans une seule et même direction.

Russell était parti se coucher de très bonne heure, laissant les trois jeunes gens seuls. Gaëlle écoutait les propos de Jonathan et de Krystal d'une oreille distraite, ne sachant trop quelle attitude adopter. La conversation les absorbait tant l'un et l'autre qu'ils ne s'aperçurent pas de son départ.

Elle traversa lentement le jardin d'hiver pour s'attarder auprès de la fontaine qui déversait une eau délicieusement fraîche. Gaëlle contemplait la bague à son doigt d'un air sombre. Il faudrait la porter plus longtemps que prévu si Krystal mettait son plan à exécution. La situation risquait de s'éterniser bien au-delà du week-end. Jonathan avait commis une grossière erreur dont Gaëlle subirait les conséquences. Qu'allait-il se passer ? Russell finirait-il par céder la *Softek* à Jonathan ? Krystal se lasserait-elle de Denver ? Jonathan comptait-il rompre ses fiançailles afin d'épouser la belle héritière ?

Gaëlle soupira et regagna sa chambre à vive allure.

Comme elle remettait une bûche dans la cheminée, Underdog, caché sous une couverture, leva la tête vers celle qui était devenue son amie. Chaque soir, il la rejoignait dans sa chambre et s'asseyait sur ses genoux devant le feu.

Gaëlle s'installa confortablement dans son fauteuil favori, devant la fenêtre obscure. Soudain, des voix attirèrent son attention. Sans bouger de son siège, elle aperçut Krystal et Jonathan tandis qu'ils traversaient le jardin d'hiver, bras dessus, bras dessous. Ils se dirigeaient vers les chambres d'amis.

Gaëlle haussa les épaules. Peu lui importaient les faits et gestes de son « fiancé » ; cependant, qu'il tombe dans un piège aussi évident la rendait furieuse. Russell Glenn comptait sans doute surprendre Jonathan dans le lit de sa fille afin de le confondre et lui demander réparation.

Gaëlle, agacée par ces pensées morbides, se leva d'un bond pour tirer les rideaux de sa fenêtre. Comme elle s'en approchait, une silhouette se dessina sur les carreaux, provoquant quelques aboiement furieux de la part d'Underdog.

La vision disparut comme par enchantement, suivie de près par trois petits coups à sa porte. Sachant qu'il s'agissait de Jonathan, Gaëlle ouvrit sans hésiter.

— Je vous ai pris pour un fantôme, déclara-t-elle.

— Peut-être en suis-je un ! Si vous n'êtes pas trop fatiguée, j'aimerais m'entretenir un instant avec vous.

Surprise, la jeune femme rougit sensiblement sous le regard amusé de son compagnon.

— Vous vous attendiez à un ordre, n'est-ce pas ? demanda-t-il.

— Oui, en effet, acquiesça Gaëlle en se dirigeant vers sa lampe de chevet.

— Inutile ! lança Jonathan. La lueur du feu suffit amplement.

— Très bien.

Gaëlle prit place dans un fauteuil et indiqua l'autre au visiteur.

— De quoi voulez-vous parler ?

Jonathan la dévisagea un instant avant de s'asseoir.

— Serez-vous prête vers sept heures, demain matin ?

— Bien entendu.

Sans la regarder, Jonathan reprit, après un court silence.

— Cela ne vous arrive-t-il pas de perdre contenance ? Etes-vous toujours aussi indifférente à ce qui vous entoure ?

— Cela dépend.

— Votre vie me paraît bien morne.

— Elle me convient parfaitement... Russell et Krystal partiront-ils en même temps que nous ?

— Krystal n'ouvrira pas les yeux avant dix heures, mais peu importe, puisqu'elle compte se rendre à Denver. Je l'ai saluée à votre place tout à l'heure. Quant à Russell, il tient à déjeuner avec nous.

Jonathan étouffa un bâillement en s'étirant de tout son long. Puis, il posa une main sur l'accoudoir du fauteuil de Gaëlle, tout proche du sien.

— Je préfère rentrer de bonne heure, déclara-t-elle. J'aurai beaucoup de travail à rattraper.

— Vous pensez à la réception pour le nouvel ordinateur ? interrogea-t-il en effleurant son visage que masquait une mèche rebelle.

Gaëlle ne s'offusqua pas de ce geste et, sans se dérober, répondit :

— Oui. Il ne faut négliger aucun détail.

— Vous êtes une secrétaire idéale, Gaëlle. Je ne m'en étais pas encore aperçu... Comment s'appelle le délicieux parfum que vous portez ?

Gaëlle cacha sa surprise sous un masque glacé avant de répliquer :

— Cela se nomme shampooing.

Jonathan glissa sa main sous sa lourde chevelure tandis que Gaëlle fronçait les sourcils, agacée.

— Je voulais simplement vérifier que vous disiez la vérité...

— Jonathan...

Le jeune homme approcha son visage tout près du sien, lui coupant la parole.

— C'est bien votre shampooing qui sent si bon ! s'exclama-t-il, surpris.

— Votre scepticisme est irritant. Pourquoi ne me croyez-vous pas ? A présent, puis-je rattacher mes cheveux ?

— Non, souffla Jonathan en approchant davantage.

Ses lèvres se posèrent délicatement sur son cou.

— Vous êtes beaucoup plus humaine, les cheveux en désordre.

Avant qu'elle ne puisse réagir, Jonathan effleura

son visage, ses joues, son front, de milles baisers aériens. Gaëlle ne bougeait pas. Jonathan n'avait pas le pouvoir de l'émouvoir, à sa grande satisfaction. Elle contrôlait ses émotions, cependant, son cœur battait un peu plus vite qu'à l'accoutumée.

Jonathan s'écarta pour la dévisager d'un air interrogateur.

— Vous rendez-vous compte que vous n'avez pas une seule fois répondu à mes baisers ? Je vous ai embrassée au moins une douzaine de fois sans...

— Vingt-sept, exactement, coupa Gaëlle. Dix-huit à l'instant, et...

Jonathan parut ne pas apprécier son interruption.

— Mes efforts vous amusent-ils ?

Gaëlle haussa les épaules, sincèrement perplexe.

— Non... Enfin, je ne crois pas. Le contrat incluait cette clause et je la respecte, quoique je ne comprenne pas votre attitude, puisque nous n'avons personne à convaincre, en ce moment même.

— Disons qu'il s'agit d'une expérience... Gaëlle, est-ce vous ou moi ?

— Que voulez-vous dire ?

— Traitez-vous votre fiancé de la même façon ? s'enquit-il sur un ton impatient.

Gaëlle fixa le feu en fronçant les sourcils.

— Souffrez-vous de mon rejet ? Vous vous attendiez sans doute à ce que je succombe à vos charmes.

— Non, bien sûr !

— Cependant, vous n'abandonnez jamais la partie. Vous êtes persuadé que toutes les femmes se pâment devant vous, qu'aucune ne saurait vous résister.

— C'est agréable de le croire ! Je préfère les rapports simples et francs.

— Je dois être très difficile... Contentez-vous de celles sur qui votre charme opère !

— Seriez-vous jalouse ?

— Quelle idée ! Pourquoi continuer ce jeu stupide alors que Krystal Glenn vous plaît visiblement beaucoup ?

— C'est simple. Je ne veux pas me marier, voilà tout.

— Je vois ! railla-t-elle avec une pointe d'agressivité.

— Je me suis comporté en ami à son égard.

— Nous n'accordons pas la même signification à ce mot, il me semble.

— Certes ! Vous ne pourriez pas embrasser un ami !

Le silence s'installa entre eux jusqu'à ce que Jonathan le rompe d'une voix douce.

— Vous êtes surprenante, Gaëlle. Vous êtes très jolie ; je n'arrive pas à croire qu'il n'y ait aucun homme dans votre vie.

— Vous oubliez Larry !

— A propos, comment lui avez-vous expliqué votre venue à Pino Reposo ?

— Je ne lui ai rien dit pour ne pas le contrarier.

— C'est gentil de votre part.

Le silence pesa une fois encore, perturbé uniquement par le crépitement des braises et la respiration régulière d'Underdog.

— J'ai aimé un homme dans le passé, souffla Gaëlle.

Les mots se bloquaient dans sa gorge, chaque fois qu'elle évoquait Craig. Cependant, elle se força à poursuivre :

— Nous venions de quitter le lycée... Nous devions nous marier...

Gaëlle contempla la bague à son doigt. Craig lui avait offert un anneau tout simple. Le saphir lui parut soudain déplacé.

— Vous a-t-il quitté pour une autre femme ? interrogea Jonathan.

— Non. Il est mort d'un cancer... Il y a sept ans.

— Et vous êtes en deuil depuis tout ce temps ? demanda-t-il sans s'apitoyer le moins du monde. Comment peut-on aimer au point de se mutiler de la sorte ? Ne trouvez-vous pas cela absurde ?

Gaëlle lui jeta un regard noir.

— Vous ne pouvez pas comprendre.

— Non, en effet. Cependant, jamais mon bonheur ne dépendra d'une personne à ce point.

Gaëlle aurait pu le gifler, lui crier de se mêler de ses affaires. Il n'avait pas le droit de mépriser ses sentiments. Jonathan préférait une vie dissolue à une union durable. C'est à peine s'il devait se souvenir des noms de ses anciennes maîtresses...

En dépit de sa fureur, Gaëlle se contenta de déclarer :

— Je n'aime pas votre indifférence.

— Néanmoins, je ne vous déplais pas, n'est-ce pas ?

Un haussement d'épaules lui répondit.

— Tous les hommes vous laissent froide, affirmat-il, c'est pourquoi je ne m'offense pas. Ne vous ennuyez-vous pas dans votre forteresse ? Pauvre Larry !

— Je n'ai pas besoin d'un homme dans ma vie, siffla-t-elle.

— Je n'ai pas besoin de femmes non plus ! Cependant, j'apprécie leur compagnie.

Jonathan se pencha vers elle en plissant les yeux.

— Gaëlle, puisque cette comédie doit durer plus longtemps que prévu, profitons-en !

— Quelle bonne idée ! railla-t-elle. Je suis désolée mais je déteste qu'on me traite comme un objet dont on se sert pour le rejeter ensuite quand il a cessé de plaire.

— Peut-être s'agit-il simplement d'une expérience tendant à prouver que Gaëlle Bradley est une femme de chair et de sang sous ses airs glacés. Sans doute cela vous sera-t-il utile dans...

— Je ne relèverai pas le défi, coupa-t-elle, agacée.

Ils se dévisagèrent sans aménité.

— Pourquoi pas ? murmura Jonathan. Vous craignez d'avoir perdu votre temps durant ces sept dernières années ?

— C'est absurde !

— Alors, c'est vous qui n'avez pas de courage. Rassurez-vous, je ne compte pas en profiter...

— Vous ne parviendriez pas à me séduire ! rugit-elle, furieuse.

Cette saute d'humeur amusa son compagnon. Gaëlle lut dans ses yeux une lueur de satisfaction.

— Prouvez-moi donc que vous êtes insensible. Embrassez-moi, Gaëlle, afin que je vous croie. Montrez-moi que vous savez encore vous y prendre.

— Sortez, Jonathan...

Il bondit alors sur ses pieds en haussant les épaules. Avant de partir, il déposa un baiser sur le front de Gaëlle.

— Bonne nuit... L'odeur de votre shampooing est vraiment enivrante vous savez !

Sans un mot de plus, il empoigna Underdog pour le faire sortir. La porte se referma silencieusement. Gaëlle fixait le feu, assaillie de sombres pensées.

Jonathan était parti non pas parce qu'elle l'avait congédié mais parce qu'il n'avait aucune envie de s'attarder. Il s'était amusé à ses dépens sans avoir la moindre intention de la séduire...

Gaëlle se jeta sur son lit en larmes. Lorsque son chagrin s'apaisa, elle sombra dans un sommeil agité.

6

Le voyage du retour se fit en silence. Gaëlle regardait le paysage défiler en éludant chacune des questions de Jonathan.

— Vous boudez ou vous craignez de parler de choses trop intimes ?

Comme elle ne répondait pas, Jonathan ajouta :

— Ne vous inquiétez pas. Vous ne risquez rien dans cette voiture de sport !

Elle se mordit la lèvre pour ne pas répliquer, sachant qu'il ne s'agissait que d'un piège pour la provoquer.

Pour terminer, Jonathan déclara en soupirant :

— De toute façon, je déteste courtiser les femmes vêtues de noir. Votre tenue de deuil est tout à fait déplacée.

Gaëlle avait retrouvé son calme routinier. La coupe stricte de sa robe la mettait hors d'atteinte. Elle s'en servait comme d'une armure. Au souvenir des baisers de la veille, elle se sentit parcourue de frissons désagréables, qu'elle ne comprenait pas, ni ne savait interpréter.

Thomas, à son poste à la réception, ouvrit de grands yeux surpris à leur arrivée. Non seulement il était très tôt, mais son patron revenait accompagné de sa secrétaire. Gaëlle poussa un profond soupir de soulagement lorsque la porte de son bureau se

referma sur elle. Elle craignait de provoquer hausse-
ments de sourcils, sourires complices ou remarques
insidieuses. Si sa présence à Pino Reposo venait aux
oreilles des employés, Gaëlle vivrait alors un cauchemar...

Jonathan avait perdu son amabilité pour redevenir
le patron irritable que chacun connaissait, Gaëlle
plus que les autres. Il s'enferma dans son bureau.

D'ordinaire, il se comportait ainsi quand un problème qui demandait une mûre réflexion survenait.
Jonathan était alors muet et invisible pendant plusieurs jours.

Gaëlle soupira d'aise, heureuse de ne plus affronter les sarcasmes de son patron, mais au lieu de se
mettre à l'ouvrage, son esprit vagabondait. Elle se
demandait quelle serait la réaction de Jonathan si elle
entrait dans son bureau sans frapper pour lui annoncer que cette comédie était terminée, qu'elle préférait démissionner.

Jonathan se servirait-il de son charme ? Ferait-il
appel à son sens du devoir ? Userait-il d'un chantage
odieux ?

A quoi bon provoquer une scène à la fois absurde
et ridicule puisqu'elle n'avait pas l'intention de
perdre son emploi ?

La sonnerie du téléphone retentit. Gaëlle reconnut
aussitôt la voix de son interlocutrice.

— Je suis désolée, madame Weston. Il ne veut pas
être dérangé, ce matin. Si vous souhaitez lui laisser
un message...

Nathalie émit un petit rire grinçant.

— Vous plaisantez ? Qui me prouve que vous le
lui communiquerez ?

— Personne. Mais vous avez ma parole.

— C'est trop drôle ! A présent que vous êtes sa
fiancée, vous devez vous amuser à intercepter ses
coups de téléphone ! Vous ne lui direz rien du tout...

Nathalie paraissait frustrée au plus haut point, et

Gaëlle la comprenait. Quand Jonathan se voulait intouchable, il y parvenait à merveille. Personne ne connaissait le numéro de son appartement ni celui de Pino Reposo. Au bureau, tous les appels étaient filtrés par Gaëlle.

— Madame Weston, je vous promets de lui donner votre message.

— Peut-être vaudrait-il mieux que je m'installe devant sa porte !

— Il n'apprécierait pas votre initiative. Laissez-moi le numéro où il pourra vous joindre dans la journée.

Après avoir longuement hésité, Nathalie finit par accepter, en désespoir de cause. Elle était allée jusqu'à supplier Gaëlle, sans résultat. Nathalie n'ignorait pas le caractère de Jonathan. Si les règles du jeu ne lui convenaient pas, pourquoi les avoir respectées jusqu'à ce jour ?

— Si vous l'empêchez de m'appeler... menaça Nathalie avant d'être interrompue.

— Pourquoi le ferais-je ? Je suis la future épouse de Jonathan. Je n'ai aucune raison d'être jalouse de vous, madame Weston.

Sur ces mots, elle avait raccroché en maudissant sa fureur. Nathalie méritait une remarque désobligeante, certes, mais de la part de Gaëlle, cela devenait une faute professionnelle.

Elle eut grand mal à oublier cet incident, ainsi que le souvenir du week-end à Pino Reposo auprès de Jonathan. Il avait transformé sa vie en enfer...

Après un profond soupir, elle se remit à l'ouvrage. Le dernier né des ordinateurs de la *Compagnie Logan* verrait le jour dans moins de deux semaines. Gaëlle devait s'occuper de la réception prévue pour l'occasion.

Il était presque midi lorsqu'en levant la tête, elle aperçut une jeune femme, immobile sur le seuil de la pièce. Il émanait une élégance innée de sa personne.

Elle portait un manteau de vison sur le bras et son tailleur vert émeraude révélait un corps svelte. Elle avait par ailleurs une lourde chevelure d'un blond aussi lumineux que le vert de ses yeux. Elle observait Gaëlle avec intensité. « Pourquoi me regarde-t-elle ainsi ? » songea Gaëlle perplexe.

Elle se leva pour accueillir la visiteuse. Sans doute s'agissait-il d'une ancienne maîtresse de Jonathan qui venait aux nouvelles.

— Puis-je vous être utile ?

La jeune femme avait remarqué la bague que portait Gaëlle. D'un air pensif, elle la contempla avant de dire :

— Vous devez être Gaëlle Bradley.

— C'est exact, acquiesça-t-elle en fouillant dans sa mémoire.

Cette voix ne lui était pas inconnue...

Un sourire juvénile éclaira le visage de la visiteuse.

— Dites à Jonathan que je suis là, suggéra-t-elle avec douceur.

Gaëlle s'apprêtait à lui expliquer que son patron souhaitait ne voir personne, lorsque la porte du bureau s'ouvrit soudain.

— Gaëlle, pourriez-vous m'apporter...

Jonathan s'interrompit à la vue de la jeune femme qui souriait toujours. Elle le rejoignit, se haussa sur la pointe des pieds pour déposer un baiser sur sa joue.

— Bonjour, très cher !

Gaëlle se sentit gênée par l'intimité que les deux jeunes gens partageaient.

— Tu n'es pas venue à Denver depuis un an, déclara Jonathan. Quant à ton stage de ski, il n'aura lieu que dans un mois. Je ne crois pas à une coïncidence. Dis-moi ce qui t'amène ?

Un éclat de rire joyeux lui répondit.

— Eh bien, après notre conversation téléphonique, je me suis posé un tas de questions et, poussée par la curiosité, je me suis envolée pour Denver... Tu pourrais me présenter ta fiancée, Jonathan !

Sans attendre de réponse, elle se tourna vers Gaëlle.

— Je suis Elizabeth Logan, dit-elle. Ravie de vous connaître.

La jeune femme écarquilla les yeux, honteuse de ne pas avoir reconnu la belle-sœur de Jonathan. Elle avait pourtant entendu sa voix des centaines de fois. Elle se sentait mal à l'aise devant cette femme fine et racée.

— Je suppose que toute la famille est au courant ? reprit Jonathan d'une voix dure.

Elizabeth haussa les sourcils.

— Tu ne comptais tout de même pas nous cacher l'existence de Gaëlle ? reprocha-t-elle.

— Tu n'as pas répondu à ma question.

— Pourquoi ne pas avouer que tu as enfin trouvé la femme de tes rêves ?

Jonathan soupira, excédé. Quant à Gaëlle, elle n'osait esquisser le moindre geste. Elle aurait aimé s'enfuir à toutes jambes, disparaître à jamais.

— Je t'avais conseillé de chercher une brune ; j'avais raison ! s'exclama Elizabeth.

Puis se tournant vers Gaëlle, elle ajouta :

— Je vous invite à déjeuner. Il faut que je vous mette en garde à propos de Jonathan.

Gaëlle jeta un regard implorant dans la direction de son patron, qui, conscient de son trouble, se contenta cependant d'un haussement d'épaules impuissant.

— Sois gentil, Jonathan. Réserve donc une table ce soir pour nous trois.

— J'ai une meilleure idée. Je déjeune avec vous.

— Pas question, répliqua-t-elle. Gaëlle et moi parlerons entre femmes !

Elizabeth empoigna son manteau avant de se diriger vers la porte.

Jonathan croisa une fois encore le regard de Gaëlle. La jeune femme, horrifiée, lut une menace dans ses yeux ; un ordre précis : à tout prix, sauvegarder les apparences. Gaëlle acquiesça d'un battement de paupières avant de suivre Elizabeth. Cependant, elle ne se sentait pas à la hauteur de la situation. Elle se trouvait en présence d'une femme intelligente qui ne tomberait pas dans le piège...

Elles discutèrent aimablement dans l'ascenseur. La bonne humeur d'Elizabeth était communicative, et Gaëlle finit par se détendre un peu.

— Vous ne pouvez savoir à quel point je suis ravie ! s'écria Elizabeth en souriant franchement.

— Quant à moi, je suis heureuse de vous connaître et d'obtenir votre... approbation.

— Comment êtes-vous parvenue à séduire Jonathan au point de le convaincre de vous épouser ?

Gaëlle secoua la tête d'un air faussement perplexe, soucieuse d'éluder la question. Elizabeth se contenta de hocher la tête d'un air intrigué.

Il faisait un froid cinglant à l'extérieur, et les deux femmes s'engouffrèrent dans le restaurant le plus proche afin de se mettre à l'abri.

Gaëlle se concentra sur son menu afin de retrouver son calme. Elle avait besoin de force pour supporter ce tête à tête. Elle commanda des crêpes au poulet tout en sachant qu'elle y toucherait à peine.

— La même chose pour moi, s'il vous plaît, dit Elizabeth. Apportez-nous une bonne bouteille de vin blanc.

Lorsque le serveur disparut, elle demanda :

— Quand Jonathan compte-t-il vous présenter à ses parents ?

Gaëlle déglutit avant de balbutier :

— Je... Nous n'en avons pas encore discuté.

Elizabeth la dévisageait gentiment.

— Il pourrait les inviter à Denver. Ils viendraient sans hésiter, ravis de connaître enfin l'heureuse élue.

— Leur avez-vous parlé de moi ? souffla Gaëlle en cachant son émotion.

— Pas encore, avoua Elizabeth. Néanmoins, il faut que vous sachiez une chose : la famille Logan est très unie, et aucun secret n'est gardé trop longtemps. Je ne comprends pas pourquoi Jonathan n'annonce pas la nouvelle de son futur mariage. Peut-être craint-il le qu'en-dira-t-on.

Gaëlle blêmit, furieuse.

— Il a peur du ridicule... en épousant sa secrétaire, souffla-t-elle, en baissant les yeux pour cacher sa colère.

Elle bouillait intérieurement et se maudissait de porter une tenue aussi banale et triste.

Elizabeth, les yeux écarquillés, mit un moment à répliquer :

— Non ! Vous ne m'avez pas comprise. Jonathan crie depuis longtemps et à qui veut l'entendre, qu'il ne se mariera jamais. Et voilà qu'il se fiance ! Les commentaires iront bon train. Je ne voulais pas vous offusquer. Oh, Gaëlle, je vous en prie, excusez ma maladresse.

Elizabeth paraissait vraiment désolée.

— Cependant, les parents de Jonathan ne manqueront pas de lui reprocher notre union. Je ne suis pas à la hauteur, murmura Gaëlle.

— Oh, Hélène se montrera fort aimable, un peu distante aussi, je l'avoue, confia Elizabeth en riant doucement. Puis, dès que Jonathan aura le dos tourné, elle enverra des faire-part à tous ses amis. Vous êtes si différente des autres.

— Serait-ce un compliment ?

— Oui. A vrai dire, vous êtes la seule que j'aie jamais invitée au restaurant.

— Eh bien, merci...

Gaëlle ne pouvait s'empêcher d'apprécier Elizabeth, avec qui, en d'autres circonstances, elle se serait parfaitement entendue. Il émanait une extrême gentillesse de sa personne.

— Je reconnais que j'ai été surprise à l'annonce de vos fiançailles, voir un peu choquée. Jonathan passait son temps à séduire de jeunes écervelées dont il se moquait totalement. Et voilà qu'enfin, il a trouvé la perle rare. J'en suis très heureuse !

Gaëlle éclata de rire.

— Elizabeth, s'il vous plaît, cessez de me complimenter ! Je ne le mérite pas... s'écria-t-elle avant de s'interrompre, surprise par le regard insistant de sa compagne.

Celle-ci, après un long silence, murmura d'un air pensif :

— Vous êtes la compagne idéale pour Jonathan... Néanmoins, il faut que je vous mette en garde. Vivre avec un Logan suppose de la patience et beaucoup de courage. Si vous avez des enfants, n'espérez pas qu'ils vous ressemblent. Il se peut qu'ils héritent de vos traits mais ils seront tous affligés du mauvais caractère des Logan. Inutile de se forger des illusions !

— Je n'aimerais pas qu'ils me ressemblent.

Un silence pesant succéda à cette remarque. Elizabeth fut la première à le rompre.

— Vous êtes sérieuse, n'est-ce pas ? Vous ne vous trouvez pas jolie ?

Gaëlle préféra rire de cette question.

— Ecoutez, les plus belles femmes de ce pays ont traversé mon bureau à un moment ou à un autre. Nous n'avons rien en commun.

— Attendez donc de les voir dans dix ans ! Elles seront fanées. Quant à vous, à cinquante ans, vous en paraîtrez trente-cinq.

— Quelle agréable perspective ! railla Gaëlle.

— Cependant, le noir ne vous sied pas.

— C'est ce que Jonathan me dit sans arrêt. Il m'a proposé de m'offrir une nouvelle garde-robe...

— Et vous l'en avez empêché ! coupa Elizabeth, amusée. Dans ce cas, qu'il vous épouse ne m'étonne plus !

En une fraction de seconde, Gaëlle prit la décision qui, en son âme et conscience, lui parut la plus juste. La comédie qu'elle jouait était à la fois malhonnête et ridicule. Elizabeth méritait d'entrer dans le secret, d'autant plus que le mensonge risquait de compromettre leur amitié naissante. « Au diable Jonathan » songea Gaëlle en posant ses couverts sur la table d'un geste brusque.

— Jonathan me tuera s'il apprend...

— Dans ce cas, allez-y, n'hésitez pas ! coupa Elizabeth d'un air malicieux.

Quelques minutes suffirent à éclaircir la situation. Gaëlle n'omit aucun détail de l'affaire et, au bout du compte, elle se sentit profondément soulagée. Elizabeth l'écouta, une lueur amusée dans le regard. Mais celle-ci se transforma en déception à la fin du récit de Gaëlle.

— Je soupçonnais une mise en scène de ce genre, confia-t-elle. C'est la raison pour laquelle je n'ai pas mis Hélène dans le secret...

— Vous me rassurez, Elizabeth, murmura Gaëlle.

— Vous m'avez donné les raisons de Jonathan pour se prêter à une telle comédie. Cependant, j'ignore les vôtres. Que pensez-vous de lui ?

— Oh, c'est un patron sérieux... mais travailler pour lui n'est pas toujours facile.

Elizabeth secoua la tête en soupirant.

— Que pensez-vous de l'homme, Gaëlle ?

La jeune femme haussa les épaules, perplexe, avant de répliquer :

— Je ne l'ai jamais regardé... comme un homme.

Gaëlle se rendit compte qu'elle ne disait pas l'entière vérité, ce qui la poussa à ajouter :

— Je ne veux pas me marier. Ma vie me convient

telle qu'elle est. Tous les hommes que je rencontre ne sont pas des candidats...

— Vous n'êtes donc pas amoureuse de Jonathan ?

— Quoi ? s'écria Gaëlle. Quelle idée, voyons !

— Vous travaillez avec lui depuis deux ans, n'est-ce pas ? Vous vous êtes occupée de ses rendez-vous...

— D'expédier des fleurs à ses anciennes maîtresses, coupa Gaëlle en riant.

Cette fois, ce fut le tour d'Elizabeth d'interrompre Gaëlle.

— Seigneur ! Je pensais qu'il le faisait lui-même ! Quel manque de délicatesse !

Elle fronça les sourcils puis se pencha vers Gaëlle pour murmurer :

— Il est grand temps qu'il reçoive une leçon, ne croyez-vous pas ? Il faut le punir... au nom de toutes les femmes.

— Comment ?

— Fiez-vous à votre instinct, Gaëlle. Vous en trouverez le moyen.

— Qu'attendez-vous de moi ? interrogea-t-elle, mal à l'aise.

— Que vous le traitiez comme il vous traite !

— Mais mon travail...

— Non, non, Gaëlle. Votre fonction ne vous demande pas de vous occuper de ses maîtresses, que diable !

Après un long silence, Elizabeth reprit :

— S'il vous chasse, je vous embauche. Vous viendrez à Chicago.

La jeune femme sourit à sa nouvelle amie.

— Très bien, il mérite une punition... Comment comptez-vous vous y prendre ?

— D'abord, finissons notre café. Ensuite, nous ferons des emplettes. Vous avez une procuration sur son compte, n'est-ce pas ?

— Oui... mais ce serait du vol...

— Non, puisqu'il vous a ordonné de renouveler

votre garde-robe. Vous avez simplement changé d'avis et décidé de suivre ses conseils. Ne vous inquiétez pas. Même si nous passions toute la journée dans les magasins, vous n'atteindriez pas la valeur du saphir que vous portez.

— Oh ! s'exclama-t-elle, stupéfaite.

— Il vaut mieux que vous ne connaissiez pas sa valeur.

— Mais...

— Je regrette de vous avoir parlé de cette bague. Surtout, ne l'enfermez pas dans un coffre à la banque. Ce serait dommage... Vous coiffez-vous toujours de la même façon ?

— Oui.

« Sauf lorsque Jonathan s'amuse à dénouer mon chignon », songea-t-elle en rougissant.

— Une bonne coupe de cheveux est à envisager...

Gaëlle secoua la tête.

— Vous vous méprenez, Elizabeth. La coiffure et les vêtements ne suffisent pas à transformer une femme au point de la rendre méconnaissable.

— Certes ! Votre attitude doit changer, elle aussi. Il faut jouer à la perfection le rôle dont il vous a affligée. Obligez-le à vous emmener au théâtre, au concert, partout où bon vous semblera. Vous vous servirez de lui comme il s'est servi de vous et de bien d'autres. Ainsi, il aura ce qu'il mérite.

Gaëlle l'écoutait, songeuse, puis soudain, la réalité reprit forme.

— Il faut que je retourne travailler, maintenant.

Elizabeth éclata de rire.

— Jonathan me connaît. Il sait que je ne vous ramènerai pas avant cinq heures.

Gaëlle se trouvait dans une situation encore plus absurde que la précédente. Elle était prête à se plier aux exigences d'Elizabeth pour pousser Jonathan dans ses derniers retranchements.

C'est ainsi qu'elle se rendit chez un coiffeur pour

en sortir différente, puis chez une esthéticienne qui sut mettre son visage en valeur.

La journée s'écoula tranquillement. Les deux jeunes femmes mirent au point les détails de leur plan diabolique.

Elizabeth choisit pour elle de nouveaux vêtements, élégants et gais, un sac à main splendide et une paire de chaussures assorties.

— Vous devriez porter un chapeau.

— Mais...

— Avec vos pommettes hautes et vos yeux de biche, cela vous irait très bien.

Comment résister à la détermination d'Elizabeth ? De plus, les essayages l'amusaient. Jamais Gaëlle n'avait consacré autant de temps à sa personne.

Elles approchaient de la société lorsqu'Elizabeth l'agrippa par le bras.

— Regardez cette toile !

Gaëlle voulut protester car il était déjà fort tard. Elle jeta un coup d'œil dans la direction indiquée par son amie et son regard fut aussitôt attiré par une aquarelle représentant une plage déserte et sauvage.

— Pourquoi ne l'ai-je jamais remarquée auparavant ? dit-elle, songeuse. Je passe devant cette galerie deux fois par jour.

Elizabeth haussa les épaules.

— Sans doute renouvellent-ils leurs tableaux de temps à autre. Voulez-vous entrer ?

Gaëlle contempla le tableau, l'analysant sous tous ses angles. La mer agitée contrastait avec le calme de la plage. Cette toile lui ressemblait ; depuis quelque temps, ses humeurs sautaient d'un extrême à l'autre. Après un long silence, elle secoua la tête.

— Non, je n'ai pas les moyens de me l'offrir.

Elizabeth éclata de rire.

— Voyons, Gaëlle, ne soyez pas pessimiste ! Mais vous avez raison, il est tard. Mieux vaut rentrer dès maintenant. Jonathan risque de s'impatienter.

— A mon avis, il est furieux.

Gaëlle surprit son reflet dans une vitrine et elle s'immobilisa, stupéfaite. C'est à peine si elle se reconnaissait. Ses cheveux tombaient souplement sur ses épaules. Ils étaient à peine plus courts qu'avant, mais le coiffeur avait égalisé ses mèches rebelles, encadrant son visage de boucles soyeuses. Grâce à un maquillage élaboré mais discret, ses yeux paraissaient plus grands, plus mystérieux. L'esthéticienne avait réalisé des prodiges. Gaëlle se sentait différente, à tous points de vue.

— Après tout, je me moque de Jonathan et de son mauvais caractère ! lança Elizabeth. Entrons dans cette boutique.

Gaëlle s'immobilisa, épouvantée. Il s'agissait d'un magasin hors de prix.

— Non, protesta-t-elle. Vous allez trop loin, Elizabeth !

Un rire succéda à cette remarque.

— Il ne s'agit pas de vous, mais de moi. Je veux voir la collection de l'été.

Gaëlle la suivit à contrecœur et, à sa grande surprise, son amie se dirigea vers le rayon maternité.

— Etes-vous enceinte ?

— Eh oui ! Nous partageons un grand nombre de secrets, à présent. Oh, regardez cet ensemble orange ! Qui oserait porter une tenue aussi voyante ?

— Pas vous, j'espère ! pouffa Gaëlle.

Puis elle ajouta à voix basse :

— Je ne révélerai votre secret à personne.

— Ne vous inquiétez pas. De toute façon, je suis sûre qu'Hélène est au courant. Le jour où j'ai appris que j'attendais un enfant, elle m'a téléphoné. C'est une femme qui a une perception très fine...

Elizabeth détacha une robe de son cintre pour mieux la contempler.

— Et dire que bientôt, ma taille épaissira ! Quand je regarderai par terre, je n'apercevrai plus mes pieds ! Quelle horreur... Enfin, je suis responsable de mon état puisque je n'ai pas su résister au charme diabolique des Logan.

Gaëlle se souvenait des conférences au cours desquelles Jonathan avait réussi à convaincre un auditoire pourtant réfractaire...

— Vous aimez votre mari, n'est-ce pas ? interrogea Gaëlle. C'est normal que vous lui trouviez du charme.

— Oh, cela n'a rien à voir ! Attendez donc de connaître le père de Jonathan ! Ses deux fils sont des gamins, des débutants auprès de ce professionnel !

Gaëlle dévisageait Elizabeth, songeuse. Cette femme était dotée d'une force de caractère et d'un pouvoir de persuasion hors du commun. Elle n'avait rien à envier aux Logan.

Elizabeth s'approcha du rayon lingerie.

— Regardez ce négligé ! Quand je serai grosse comme un éléphant, je me cacherai. Je ne sortirai plus de chez moi. Peut-être ne retrouverai-je pas la ligne après l'accouchement.

— Cela m'étonnerait beaucoup ! s'écria Gaëlle, sincère.

— Merci, vous êtes gentille... Il vaudrait mieux ne pas nous attarder davantage. Je me demande si Jonathan nous a réservé une table pour ce soir.

— D'habitude, je m'en charge. Peut-être a-t-il oublié comment on s'y prend, ironisa Gaëlle.

— C'est bien possible, acquiesça Elizabeth en riant.

Plus le moment du retour approchait, plus Gaëlle se sentait mal à l'aise à l'idée de provoquer quelques commentaires désagréables.

— Elizabeth... Jonathan et vous avez beaucoup de choses à vous raconter... Peut-être vaudrait-il mieux que je ne dîne pas avec vous. Qu'en pensez-vous ?

— Quoi ? s'indigna la jeune femme. Vous ne me laisserez pas tomber ! Nous irons au restaurant tous les trois ou pas du tout. Vous êtes ma belle-sœur, ne l'oublions pas.

— Pas vraiment !

— Tant que vous ne romprez pas vos fiançailles avec Jonathan, vous le serez. Officiellement, nous appartenons à la même famille. Ne vous inquiétez pas, je suis une actrice de talent. Jonathan ne se doutera de rien, je vous le promets. Notre mise en scène est au point. Nous allons bien nous amuser.

Les yeux brillants, elle ajouta :

— Pour la première fois, Jonathan sera pris à son propre jeu ; je ne voudrais pas rater cela pour tout l'or du monde !

7

Elizabeth tint ses promesses. Elle joua son rôle de belle-sœur attentionnée à la perfection. Jonathan paraissait mal à l'aise, et Gaëlle retenait un fou rire avec difficulté.

Ce fut seulement au moment du dessert qu'elle apprit que la famille Logan viendrait skier dans la région d'ici quatre semaines.

— Nous passons toujours Noël à New York, expliqua Elizabeth. Puis, dans le courant de l'été, tout le monde vient nous retrouver, Grady et moi, à Chicago. Quant à Jonathan, il joue son rôle d'hôte la première semaine de mars. Et cette année, Gaëlle, je vous assure que personne ne manquera cette occasion de vous connaître.

Jonathan avait esquissé un sourire à la vue de regard horrifié de Gaëlle. Comment parviendrait-elle à convaincre les Logan de sa bonne foi ?

Gaëlle avait oublié le séjour de ski auquel la famille de Jonathan participait. Pourtant, chaque année, elle s'occupait de leurs réservations et de leurs forfaits. Cependant, les invités de Jonathan ne passaient jamais le seuil de son bureau avant de partir pour Pino Reposo, Vail ou Aspen.

Décidément, le sort s'acharnait contre elle…

— Jonathan, comptes-tu faire attendre ta mère

quatre semaines avant de lui présenter Gaëlle ? interrogea Elizabeth d'un air offusqué.

Le jeune homme se contenta de hausser les épaules.

— Voilà des années qu'elle attend, elle patientera encore un peu.

Si la chance était au rendez-vous, d'ici la fin du mois, Russell Glenn finirait peut-être par céder la *Softek* à Jonathan. Dans ce cas, il se sortirait seul de cette impasse, et Gaëlle retrouverait sa routine coutumière...

— Quand aura lieu le mariage ? reprit Elizabeth. Il faudra nous avertir suffisamment tôt pour que nous nous libérions. Puis-je mettre Grady dans le secret à présent ? Il sera ton témoin, je présume ?

Elizabeth dévisageait son beau-frère avec insistance, sans cependant parvenir à l'embarrasser. Gaëlle les observait l'un l'autre, impressionnée par leur force de caractère.

— Nous n'en avons pas encore discuté. Pour le moment, seul le lancement du nouvel ordinateur nous préoccupe.

— Alors, je compte sur Gaëlle pour tout organiser et nous tenir informés. Si vous avez besoin d'un garçon d'honneur, mon fils est disponible.

C'est alors que Gaëlle, amusée par la situation, osa une remarque qui eut le pouvoir de déconcerter Jonathan.

— Bientôt, il aura des cousins.

— Ce serait merveilleux ! s'écria Elizabeth, les yeux brillants. Sa grand-mère est un peu trop possessive. Jonathan, Hélène serait ravie d'avoir plusieurs petits enfants.

Gênée par le regard stupéfait de Jonathan, Gaëlle tourna la tête vers la fenêtre. Les lumières de la ville, en contrebas, illuminaient le tapis de neige qui recouvrait l'asphalte des rues. Gaëlle commençait à regretter son nouveau rôle... Mais non, Elizabeth se serait comportée de la même façon, quelles que soient les circonstances. Ce n'était pas la faute de Gaëlle si Jonathan avait de plus en plus de mal à éluder ses questions.

Gaëlle réfléchissait à son avenir et, envahie d'appréhension à l'idée que Jonathan apprenne la supercherie, elle comprit qu'il lui faudrait trouver un nouvel emploi. Elle ne sortirait pas indemne de cette comédie.

Il s'était montré de si mauvaise humeur lorsque les deux jeunes femmes étaient enfin rentrées au bureau en fin d'après-midi qu'elle n'aurait pas été étonnée de se voir licenciée sur-le-champ.

Comble de malchance, Nathalie Weston avait mis sa menace à exécution : elle attendait depuis des heures dans le bureau de Gaëlle où une jeune secrétaire s'était installée en son absence.

Jonathan était furieux. Il avait contenu sa colère en la présence d'Elizabeth, mais elle éclaterait sûrement dès le départ de sa belle-sœur.

Gaëlle appréhendait ce moment, ne sachant quelles seraient ses propres réactions. Garderait-elle son calme face à son irascible patron ? Depuis peu, son attitude s'était modifiée à son égard. Elle n'était plus la parfaite secrétaire d'autrefois. Elle se sentait capable de tenir tête à Jonathan s'il se montrait trop odieux...

— Je me demande si vos fiançailles feront la une des journaux la semaine prochaine, murmura Elizabeth sous le regard horrifié de Gaëlle. La *Compagnie Logan* n'en aura que plus de prestige. La publicité est une bonne chose en affaires. Jonathan, veux-tu que je contacte mon ami, le rédacteur en chef de *Time's magazine* ?

— Non merci. Je me chargerai moi-même d'annoncer mes fiançailles quand j'estimerai le moment venu.

— Désolée de te contredire, mon cher ! Gaëlle

porte une bague qui rend votre engagement officiel. Tout le monde remarquera le saphir à son doigt.

Gaëlle but son verre de vin blanc d'une traite sans se soucier du regard noir de Jonathan. Elle se moquait de l'offenser, estimant être encore libre de ses actes... De plus, jamais elle ne remettrait les pieds dans cet endroit, le restaurant le plus prisé de Denver, où Jonathan avait coutume d'inviter ses maîtresses. Les serveurs, habitués à de nouveaux visages, lui pardonneraient son ébriété, le cas échéant.

Pourquoi Jonathan avait-il choisi cet établissement ? Peut-être cherchait-il à convaincre Gaëlle qu'elle ne représentait pas plus à ses yeux que ses précédentes conquêtes. Quel manque de tact !

— Où vivrez-vous ? reprit Elizabeth. Pas à Pino Reposo, je présume. T'en sépareras-tu, Jonathan ?

Gaëlle écarquilla les yeux d'un air sincèrement affolé.

— Vendre cette merveilleuse maison ? Je ne le permettrais pas.

— Tu vois, Elizabeth, il n'en est pas question, déclara Jonathan en souriant. Gaëlle, où aimeriez-vous habiter ?

— Où vous voudrez, à condition que nous soyons ensemble, ironisa-t-elle.

— Très bien. Alors, nous allons tout simplement redécorer le nid... l'appartement de Denver...

Gaëlle, furieuse de ce lapsus révélateur, rétorqua, acide :

— Cela ne lui fera pas de mal. Cependant, nous pourrions visiter quelques immeubles neufs et opter pour un nouvel appartement.

Elizabeth secoua la tête.

— Je crois, pour ma part, que le logement de Jonathan serait formidable après quelques modifications. Il faudrait couper les pièces en deux.

Gaëlle qui ne l'avait jamais visité, hocha la tête d'un air songeur.

— Oui, peut-être... car si nous achetions un nouvel appartement, celui-ci resterait... inhabité. Ce serait dommage !

Lorsqu'elle croisa le regard sérieux de Jonathan, Gaëlle blêmit sensiblement.

— Il vous faut un salon, une salle à manger, deux ou trois chambres...

— Une seule suffit amplement, coupa Jonathan. Inutile d'envisager plusieurs petites pièces. J'aime l'espace.

— C'est pour cette raison que je dors à l'hôtel, ironisa Elizabeth... Quant à Gaëlle, je pense qu'elle aimerait s'isoler de temps à autre. Elle apprécierait un boudoir... A propos, garderez-vous votre emploi de secrétaire ?

— Je ne sais pas. Nous n'avons pas encore abordé le sujet.

Elizabeth écarquilla les yeux.

— De quoi vous entretenez-vous ? Oubliez cette question indiscrète. Que voulez-vous, je suis d'une nature curieuse.

Gaëlle tourna la tête pour masquer son embarras. Elle se désintéressa de la conversation et, lorsqu'elle reporta son attention sur ses compagnons, ils parlaient de Nathalie Weston.

— Elle se teint les cheveux, Jonathan ! Je pensais que tu avais meilleur goût... Tout au moins en matière de publicité. Pourquoi ne pas te servir de Gaëlle ? Je suis sûre qu'elle est très photonégique.

— Non, merci, rétorqua la jeune femme.

— Gaëlle m'est utile dans bien des domaines, dit Jonathan en accompagnant ces mots d'un regard tendre. En fait, mon dernier ordinateur portera son nom puisque tous deux sont des modèles d'efficacité.

Gaëlle se mordit la lèvre inférieure pour ne pas le

contredire. Jonathan venait de marquer un point à son tour. Ils étaient quittes.

Soudain, elle remarqua à la table voisine, une femme qui s'intéressait à leur conversation, tout en s'efforçant de n'en rien laisser paraître. Sans connaître son identité, Gaëlle comprit immédiatement qu'il s'agissait d'une amie de Jonathan. Elle se tourna alors vers son « fiancé » pour lui adresser un sourire éblouissant.

— Comme c'est gentil de votre part, chéri ! Quand nous serons seuls, je vous remercierai pour cette délicate attention.

Sans tenir compte de cette allusion provocante, Jonathan se tourna vers le serveur pour lui demander l'addition.

— A moins que tu ne veuilles un autre café, Elizabeth ? Non ? Quant à Gaëlle, elle a assez bu.

La jeune femme ouvrit la bouche pour protester mais aucun son n'en sortit. A l'idée que Jonathan se serve de sa carte de crédit, elle s'affola, car son compte courant n'était plus approvisionné. Elizabeth fut plus prompte qu'elle.

— La note est pour moi, lança-t-elle gaiement.

Jonathan fronça les sourcils, agacé.

— Il n'en est pas question. Je t'ai invitée à chacune de tes visites et je ne souhaite pas qu'il en soit autrement.

— Désolée, mon cher, tu n'as pas le choix ! Nous avons dépensé ton argent sans compter aujourd'hui.

Stupéfait, Jonathan attendit un instant avant de demander :

— Vous avez épuisé mon compte ?

— Eh oui ! Nous nous sommes bien amusées... Partons, voulez-vous ?

Elizabeth s'envolait pour Chicago de très bonne heure le lendemain matin, aussi Jonathan et Gaëlle lui dirent-ils au revoir quand ils la déposèrent à son hôtel.

Gaëlle se sentit terriblement abandonnée dès qu'elle ne bénéficia plus du soutien de son amie.

— Je prendrai un taxi, proposa-t-elle d'une petite voix.

Jonathan se contenta de hausser les sourcils sans répliquer. Il aida Gaëlle à remonter dans la voiture avant de prendre place au volant. Le trajet se déroula en silence. De plus en plus oppressée, Gaëlle balbutia quelques mots hésitants lorsque la Jaguar s'immobilisa devant chez elle.

— Je rapporterai les vêtements à la boutique, je vous rembourserai le coiffeur et l'esthéticienne…

Comme Jonathan ne répondait pas, elle sortit de la voiture. Il fit de même et contourna la Jaguar d'un pas décidé.

Face à face, ils se dévisagèrent un instant.

— Demain, je viendrai de bonne heure… afin de rattraper le temps perdu, souffla Gaëlle. Une bonne secrétaire n'agit pas…

— Taisez-vous, intima-t-il d'une voix douce.

— Je ne sais pas ce qui m'arrive, avoua-t-elle en secouant la tête.

Elle se sentait si mal que peu lui importait que Jonathan la traite avec mépris. Elle aurait préféré un orage à ce silence angoissant.

— Offrez-moi un verre, suggéra-t-il, la prenant au dépourvu.

— Juste un verre ? s'enquit-elle, pour regretter aussitôt sa question.

Jonathan ne lui demanderait jamais davantage. Ne le savait-elle pas ?

— Bien sûr ! ajouta-t-elle vivement en réprimant un frisson.

Ils montèrent à son appartement sans mot dire. Gaëlle se précipita dans la cuisine, suivie de Jonathan qui, visiblement, ne voulait pas la perdre de vue. La taille de la pièce parut diminuer de moitié. Bouleversée par la proximité de son compagnon, Gaëlle faillit laisser tomber la cafetière. Elle tremblait tant que ses doigts malhabiles fonctionnaient au ralenti.

Jonathan l'observa un instant avant de se décider à l'aider. Il se chargea du café sous le regard éperdu de Gaëlle. Puis, il se tourna vers elle.

— Seriez-vous ivre ?

Sa nervosité se transforma en fureur.

— Je n'ai bu que deux verres de vin !

— Tant mieux ! Je ne veux pas que vous dormiez demain, au bureau.

— Jonathan, je comprends votre colère. Elle est justifiée, cependant, je vous ai promis de vous dédommager.

— Peu m'importent ces dépenses ! Elles m'indiffèrent totalement. Je vous avais d'ailleurs proposé de renouveler votre garde-robe.

— J'ai... gaspillé plusieurs centaines de dollars...

— Elizabeth n'a pas perdu de temps. Elle vous a enseigné l'art et la manière de devenir une Logan. Gardez ces vêtements, s'il vous plaît.

— Mais... si vous n'êtes pas en colère à cause de mes achats, pourquoi...

Elle s'interrompit, comprenant soudain que l'argent ne comptait pas pour Jonathan Logan. Il en avait à profusion. Sa colère avait une autre origine. Sans doute lui reprochait-il son manque de conscience professionnelle ? Néanmoins, au lieu de s'excuser, elle prit le parti de se battre.

— J'ai voulu vous prouver l'absurdité de nos rapports... Quant à votre société, elle ne saurait se passer de mes services ! lança-t-elle fièrement.

Jonathan lui jeta un regard noir, effrayant.

— Rien n'est moins sûr ! rugit-il. Par ailleurs, je vous rappelle que vous portez une bague qui de fiançailles n'a que le nom !

— Je ne l'ai pas oublié, monsieur Logan ! Je

vous jure que vous épouser serait la pire des éventualités !

— Sachez qu'aucune femme n'est jamais parvenue à menacer mon indépendance...,

— Je vous plains, soupira Gaëlle en pleine possession de ses moyens, à présent que la situation était clarifiée.

— Que voulez-vous dire ?

— Vous pensiez que j'étais très seule...

Elle s'interrompit pour lui lancer un regard hautain.

— Mais moi, j'ai aimé une fois dans ma vie... Hélas, vous n'avez pas eu cette chance. Vous ignorez ce que ce verbe signifie.

— Ah oui ! Votre défunt fiancé ! Un simple prétexte pour éconduire tous les hommes qui vous approchent.

— Erreur ! lança-t-elle en quittant la cuisine dont elle ne supportait plus l'exiguïté.

Elle s'enfonça dans un des fauteuils du salon en fronçant les sourcils à l'idée que Jonathan s'éternise.

— C'est bien lui, n'est-ce pas ? lança-t-il en indiquant le cadre sur la cheminée.

Elle tourna les yeux dans la direction indiquée. Elle se rappelait le jour où la photo avait été prise dans ses moindres détails. Un an avant sa mort, Craig organisait souvent des promenades en montagne. Après une longue marche, en plein désert, ils s'installaient au bord d'un étang dont l'existence était connue d'eux seuls. Par la suite, leurs sorties s'espacèrent pour s'interrompre définitivement. Graig souffrait du cancer qui le rongeait.

— Oui, c'est lui, acquiesça Gaëlle sans émotion.

Jonathan détacha la photo de son support pour mieux la contempler.

— Comment s'appelait-il ? s'enquit-il brusquement.

Gaëlle ne se donna pas la peine de répondre. A

quoi bon ? Son passé n'intéressait pas Jonathan...
Puis, comme il la fixait d'un air interrogateur, elle
murmura :

— Craig.

— Vous l'aimiez, n'est-ce pas ? Votre façon de
prononcer son nom est révélatrice.

— Vous en doutiez ?

Il hocha la tête avant de déclarer :

— Pourtant, ce n'est pas le genre d'homme à
inspirer une telle dévotion.

— Les apparences sont trompeuses, Jonathan...
Je préférerais ne pas parler de Craig.

— Etait-ce un amant extraordinaire ?

Gaëlle bondit sur ses pieds pour arracher la photo
des mains de Jonathan.

— Est-ce nécessaire de tout ramener au sexe ?
rugit-elle, furieuse.

Elle tourna la tête pour lui cacher son émotion.

— Je pense que vous n'avez jamais... commença-
t-il.

— Cessez !

Gaëlle reprit place sur son fauteuil avant de se
décider à toiser son compagnon.

— C'est exact, confia-t-elle, étonnée par sa propre
franchise. Néanmoins, quelle différence cela fait-il
pour vous ?

— A votre avis ?

— Soyez clair. Je ne comprends rien à ce genre
d'allusion.

— Vraiment ? Vous rendez-vous compte de ce que
vous ratez ? A propos, êtes-vous sûre de n'avoir pas
trop bu ?

— Certes, répliqua-t-elle, agacée. Pourquoi ?

— Pour être sûr que vous vous souviendrez de
tout.

Sur ces mots étranges, il s'approcha vivement de
Gaëlle qui, prise au dépourvu, se retrouva emprison-
née dans les bras de Jonathan. Serrée tout contre lui,

elle se sentit envahie à la fois de honte et de plaisir. Ses mains caressaient son dos, éveillant mille sensations inconnues.

— Qu'est-ce qui vous prend? cria-t-elle, éperdue. Lâchez-moi!

Elle essayait en vain de se débattre, de se dégager de son étreinte de fer. Il effleurait sa gorge palpitante de doux baisers.

— Vous ne supportez pas qu'on vous résiste, n'est-ce pas? souffla-t-elle.

D'une voix dure, il répliqua:

— Ce n'est pas cela, Gaëlle. Vous êtes une énigme. Vous jouez le jeu de l'insensibilité. Je ne crois pas à votre froideur...

Ses lèvres s'attardèrent tout près de ses lèvres frissonnantes et Gaëlle suffoquait quelque peu. D'une voix mal assurée, elle parvint cependant à dire:

— Vous n'êtes pas le Prince Charmant qui saura m'éveiller à la vie.

Jonathan émit un petit rire sec avant de la lâcher.

— J'avais raison, dit-il d'un ton triomphant. Vous n'êtes qu'une petite fille prude, qui, après une amourette de jeunesse pense tout savoir de l'amour. Hélas, vous vous méprenez.

Il se leva d'un bond, agrippa son pardessus et, prêt à disparaître, il se dirigea vers la porte. Mais il ne s'en tirerait pas à si bon compte! Gaëlle le rejoignit et, immobile devant lui, elle le fusilla du regard.

— Je suis une petite fille prude? Tenez-vous bien, monsieur Logan. Vous risquez d'avoir une surprise.

Jonathan jeta son pardessus sur le fauteuil et, les poings sur les hanches, suggéra:

— Allez-y, Gaëlle. Peu m'importe qu'on me traite comme un objet.

Elle ne pouvait plus reculer, au risque de se ridiculiser. Elle leva alors les mains vers lui, les posa sur ses épaules pour l'attirer contre elle sans le quitter des yeux. Elle détaillait chacun de ses traits, les rides fines autour de ses yeux, les fils argentés qui parsemaient ses tempes. Jonathan était un très bel homme dont le charme s'affirmerait encore davantage avec les années.

— Vous avez quelques cheveux gris, murmura-t-elle.

— Ce sont les soucis ! Quand Elizabeth a parlé d'enfants, je me suis senti vieillir d'un seul coup... Mais peu importe... Vous devez me prouver quelque chose. J'attends.

Après avoir inspiré profondément, Gaëlle se hissa sur la pointe des pieds pour que leurs visages soient à la même hauteur. Puis ses lèvres se posèrent sur les siennes.

Jonathan, immobile, paraissait tout à fait indifférent. Comme il ne répondait pas à ses baisers, Gaëlle se colla à lui tout en caressant ses cheveux, sans obtenir plus de résultat.

— Vous avez changé de shampooing, déclara-t-il soudain.

« Voilà donc tout ce qu'il ressent » songea Gaëlle, furieuse.

— Je suis allée chez le coiffeur, aujourd'hui. Faut-il vous le rappeler ?

Sur ces mots, elle amorça le mouvement de s'éloigner mais il la retint prisonnière entre ses bras.

— Ce n'est pas très drôle de tomber sur un partenaire indifférent !

— Je ne m'attendais pas à m'amuser ! répliqua-t-elle, acerbe. Tenteriez-vous de me rabaisser à votre niveau ?

— Vous vous débrouillez bien pour une débutante, rassurez-vous. Avec un peu de pratique, vous deviendrez une bonne professionnelle.

Jonathan la souleva de terre pour la déposer sur le canapé où il la maintint fermement. Gaëlle ne pouvait lutter contre un adversaire de cette taille.

— Tout est dans la coopération, affirma-t-il en souriant d'un air sarcastique.

— Vous... prétendiez ne pas vous intéresser à moi.

— Si je souhaitais faire de vous ma maîtresse, coupa-t-il d'une voix très calme, nous serions dans votre chambre en ce moment. Je tiens simplement à vous donner une leçon.

— Soit. Quand vous en aurez terminé, me laisserez-vous tranquille ?

— Vous verrez.

Sans autre explication, Jonathan posa ses lèvres sur les siennes. Ils échangèrent un baiser d'abord tendre puis passionné. Gaëlle s'étonnait de sa propre audace. Quand leurs lèvres se détachèrent, Jonathan murmura :

— Voilà qui est beaucoup mieux.

Gaëlle perdit la notion du temps, tout au plaisir de l'étreinte, assaillie de sensations nouvelles. Sous sa main, le cœur de Jonathan battait la chamade... Il s'éloigna soudain et Gaëlle se demanda si elle n'avait pas rêvé.

— Ce n'est vraiment pas mal pour une première leçon ! Vous passerez l'examen sans difficulté à la fin de la semaine. A demain.

La porte se referma silencieusement sur lui. « Je suis heureuse qu'il soit parti de lui-même, songea Gaëlle en fronçant les sourcils. Peut-être ne serais-je pas parvenue à le chasser... »

8

Les rayons du soleil accompagnaient les pas de Gaëlle ce jour-là, tandis qu'elle quittait l'immeuble abritant la *Compagnie Logan*. Il faisait un froid cinglant, et le vent transperçait la fine étoffe de son manteau. Heureusement, le restaurant où elle se rendait était proche.

Gaëlle s'immobilisa devant la galerie de peinture pour contempler le tableau qui avait déjà retenu son attention quelques jours plus tôt. Puis, elle reprit sa marche, soucieuse de se mettre à l'abri le plus vite possible.

Le restaurant, plongé dans une demi-obscurité était accueillant. Darrel, installé au fond de la salle, agita la main en signe de bienvenue. Gaëlle le rejoignit en hâte, le cœur lourd d'appréhension. De quoi son frère voulait-il lui parler ? Il l'avait appelée de bonne heure, ce matin-là, pour l'inviter à déjeuner, et la jeune femme avait accepté sans hésiter. Il avait sûrement une nouvelle de première importance à lui communiquer.

Se serait-il produit un accident ? Pourtant, tout allait bien trois jours plus tôt lorsqu'ils avaient dîné ensemble. Gaëlle s'étonnait de l'absence de sa belle-sœur : son frère lui cachait-il quelque chose ? Leur union se détériorait-elle ? Amy était-elle souffrante ?

Inutile de s'inquiéter outre mesure, songea Gaëlle.

Elle avait les nerfs à fleur de peau et tendance à tout dramatiser. La réception pour le lancement du dernier-né des ordinateurs Logan se tiendrait l'après-midi même, après des jours et des jours de préparation. Gaëlle était à bout de forces.

Darrel lui avança une chaise en souriant d'un air contraint.

— Je suis heureux que tu aies pu te libérer.

— Que se passe-t-il? interrogea-t-elle en consultant distraitement le menu.

— Je profite simplement de ce que Rachel et Amy soient absentes pour m'entretenir en privé avec toi, dit-il en haussant les épaules.

— Tu n'as pas très bien choisi ton moment.

Quand elle déplia sa serviette, le saphir étincela à son doigt. Gaëlle se maudit de l'avoir gardé. Elle jeta un coup d'œil furtif sur son frère, en espérant de tout cœur qu'il n'avait rien remarqué. Gaëlle s'en voulait terriblement. Lors du dernier dîner qui les avait réunis, elle n'avait pas négligé ce détail. Avant de partir, elle avant rangé le saphir dans son écrin afin de ne pas avoir à s'expliquer.

Mais aujourd'hui, préoccupée comme elle l'était, elle en avait oublié l'existence. Elle glissa discrètement l'anneau dans son sac à main tandis que Darrel consultait la carte à son tour.

— S'agit-il du lancement du nouveau produit de la compagnie? J'ai lu un article à ce sujet dans les magazines.

— Il sort aujourd'hui. Seuls les employés de la société savent à quoi l'ordinateur ressemble. Tout le monde appréhende le moment de le présenter au public.

Seul Jonathan ne s'inquiétait pas...

— Le confit est délicieux dans ce restaurant, affirma Darrel. Veux-tu y goûter?

— D'accord. Darrel, sois franc, s'il te plaît.

— Que veux-tu dire?

— Tu m'invites à déjeuner trois ou quatre fois par an, lorsqu'un problème te préoccupe. D'autre part, tu me parais nerveux. Tu tapotes sur la table depuis que je suis arrivée.

Il jeta un coup d'œil sur sa main d'un air perplexe avant de soupirer.

— Tu as raison... As-tu vu Larry récemment?

— Non... pas depuis une dizaine de jours. Pourquoi?

— Il est amoureux de toi, tu sais!

— C'est impossible, voyons! Nous nous sommes vus une ou deux fois. Chercherais-tu toi aussi à me fiancer de force?

Darrel s'agitait sur son siège, mal à l'aise.

— Non, mais Larry est un chic type.

— Il n'est pas mon genre.

— Craig est le seul à t'avoir plu... et il est mort!

— Je n'y peux rien.

— Rachel a raison de dire que tu l'as accompagné dans la tombe.

— Parce que je ne lui cherche pas de remplaçant? Tu peux rentrer chez toi et dire à ta femme qu'en dépit de l'affection que je lui porte, je n'apprécie pas son intrusion dans ma vie privée.

— Nous nous connaissons suffisamment pour nous parler franchement, petite sœur! Rachel a raison de te bousculer sinon tu resteras vieille fille...

— J'aimais Craig! coupa Gaëlle, agacée.

— C'est faux... Tu pensais être amoureuse. Mais à dix-neuf ans, on se berce d'illusions. Voilà sept ans que tu es en deuil. Il est temps de réagir.

— Je n'ai jamais rencontré d'homme comme lui.

— Pourquoi chercher à tout prix quelqu'un qui lui ressemble? Ce serait pire que tout.

Gaëlle fronça les sourcils.

— Pourquoi?

— Parce que tu as changé. Tu n'es plus une gamine ignorante. Un garçon comme Craig...

Il s'interrompit, gêné, puis il reprit, les yeux baissés :

— Je ne t'en ai jamais parlé parce que je pensais qu'un jour ou l'autre tu apprendrais par toi-même certaines vérités. Je ne voulais pas te blesser, mais il est grand temps que tu sois mise au courant.

— Tu l'appréciais !

— C'est vrai... Il était gai, amusant mais sans la moindre ambition.

— Il avait des projets d'avenir...

— L'as-tu vu en mettre un seul à exécution ? coupa Darrel. Il montait des histoires de toutes pièces, se fabriquait des châteaux en Espagne.

Le silence s'installa, tendu, angoissant. Darrel n'avait pas tout à fait tort. Gaëlle ne pouvait le nier.

— Pourquoi n'es-tu pas allée à l'Université ? reprit-il.

— Parce qu'il est tombé malade...

— Tu ne te serais jamais inscrite, de toute façon. Craig n'y tenait pas, rappelle-toi. Il craignait que l'école ne t'enseigne la vie, te pousse à lui demander plus qu'il ne pouvait t'offrir. Un jour ou l'autre, tu aurais souffert de l'insécurité dans laquelle il t'aurait plongée. Jamais il n'aurait supporté de travailler pour subvenir à vos besoins.

— Je voulais lui consacrer tout mon temps, me donner à lui corps et âme. Telle était mon ambition.

— S'il t'avait aimée, il aurait tout mis en œuvre pour t'offrir le confort, la stabilité...

— Les études supposaient... coupa Gaëlle avant d'être interrompue à son tour.

— L'université ne vous aurait pas séparés. Vous vous seriez vus chaque jour à la fin des cours. Mais Craig te voulait toute à lui sans se soucier de ton désir de poursuivre tes études. Il appréhendait de te perdre. Son égoïsme...

— Cela suffit ! souffla Gaëlle, bouleversée par ces vérités qu'elle se cachait depuis toujours.

Darrel la dévisageait, une lueur de tristesse dans le regard.

— Tu es secrétaire parce que Craig en a décidé ainsi. A son sens, une femme ne méritait pas une position plus glorieuse. Tu as respecté ses volontés et tu les respectes encore aujourd'hui. Mais le temps a passé. Tu as changé, Gaëlle ! Si Craig surgissait devant toi maintenant, tu admettrais que j'ai raison. Tu le quitterais parce que vous n'avez plus rien en commun.

Gaëlle regardait son assiette en fronçant les sourcils. Elle se sentait nauséeuse.

— Craig n'est plus, murmura Darrel d'une voix douce, je ne puis prouver mes soupçons, et c'est bien dommage.

— Il a gâché sa vie...

— Moins que toi.

Le repas se poursuivit en silence. Darrel fut le premier à le rompre au moment où le café leur fut servi.

— Je t'ai parlé avec franchise, Gaëlle, et peut-être m'en voudras-tu. J'ai pris délibérément ce risque. Néanmoins, je ne regrette rien...

— Non Darrel. Tu es mon frère, et quoi qu'il arrive, je t'aimerai toujours. Tu as tort... mais je tiens à ton affection.

Le jeune homme sourit, pourtant sa nervosité ne s'était pas dissipée.

— Je suis désolé, Gaëlle, pour ce déjeuner raté. J'aurais dû te parler après le repas. Tu n'as même pas goûté le confit. Quel gâchis !

Gaëlle émit un petit rire nerveux.

— Rassure-toi, je n'avais pas très faim. L'après-midi à venir me noue l'estomac.

— J'ai beaucoup de travail, moi aussi, avant mon départ pour Phoenix, le week-end prochain... Je savais bien que j'avais oublié quelque chose ! Rachel t'invite à dîner jeudi soir au lieu de vendredi. Elle m'accompagne à la conférence.

Gaëlle avala une gorgée de son café avant de répliquer :

— Annulons ce repas.

— Non, Gaëlle. Je sais que tu nous en veux...

La jeune femme secoua la tête en souriant.

— Mais non voyons ! J'ai besoin de repos, voilà tout. A propos, Amy vous accompagne-t-elle en voyage ?

— Hélas, oui !

— Laissez-la-moi. Je m'en occuperai volontiers, tu sais. Il y a longtemps que nous n'avons pas passé un week-end ensemble.

— Tu risques de le regretter !

— Tu tiens absolument à ce que je me marie, n'est-ce pas ? Alors, mieux vaut que je sache ce qui m'attend !

— Oh, les enfants sont plus une source de joie que de soucis.

Il posa la main sur la sienne tout en accompagnant son geste d'un regard à la fois tendre et anxieux.

— Amis ?

Gaëlle hésita avant de murmurer :

— Tes propos m'ont affectée, je l'avoue, mais je sais que c'est par tendresse que tu m'as parlé ainsi... Cependant, sache que Larry ne m'intéresse vraiment pas. Je ne veux pas sortir avec lui.

— Inutile d'insister dans ce cas. Réfléchis tout de même à ce que je t'ai dit.

Une main se posa soudain sur l'épaule de Gaëlle qui sursauta. Elle tourna la tête et, à sa grande stupeur, elle croisa le regard amusé de Jonathan.

— Bonjour, ma chérie. Comment se porte ma délicieuse fiancée ?

Désemparée, Gaëlle porta la main à son front douloureux. Il ne pouvait s'agir que d'un cauchemar... Lorsqu'elle rouvrit les yeux, elle constata que la situation n'avait pas évolué. Jonathan et Darrel la dévisageaient, l'un d'un air ironique, l'autre en fronçant les sourcils.

— Ne soyez pas ridicule, souffla-t-elle à l'intention de Jonathan.

— Présentez-moi votre ami, Gaëlle.

— Voici Jonathan Logan, mon patron. Darrel est mon frère.

Le jeune homme secouait la tête, déconcerté.

— Vous êtes fiancés ?

— Temporairement, souffla Gaëlle.

— Jusqu'à la date de notre mariage, railla Jonathan en la fusillant du regard.

Apparemment, il ne voulait mettre personne dans la confidence. Néanmoins, il fallait éclaircir la situation... Comment Darrel interpréterait-il cette nouvelle tout à fait imprévue ?

— Je ne vous crois pas... commença Darrel d'un air sceptique.

Puis ses lèvres s'ouvrirent en un large sourire.

— Décidément, je ne serai jamais au bout de mes surprises avec toi, petite sœur. Pourquoi m'as-tu laissé parler ?

Il se tourna vers Jonathan en lui tendant la main.

— Vous avez bon goût, monsieur Logan ! dit-il en riant.

Agacée, Gaëlle répliqua :

— Je croyais que tu étais pressé de retourner au bureau, Darrel.

— C'est vrai. Mais je compte sur une petite visite de votre part très bientôt. Rachel sera ravie de faire votre connaissance, Jonathan. Quant à toi, Gaëlle, tu regretteras de nous avoir caché la vérité. Votre décision doit être récente puisque tu ne portes pas encore de bague... Bon, je vous laisse, ajouta-t-il en se levant de table. Il faut que je me dépêche.

Après avoir embrassé sa sœur, il serra la main de Jonathan et disparut.

100

— Je crois que j'ai fait une gaffe, murmura Jonathan en dévisageant sérieusement sa compagne. Votre frère est-il toujours aussi bavard ?

Gaëlle ne se donna pas la peine de répondre. Le sang battait à ses tempes douloureuses.

— Où est la bague ? reprit Jonathan en fronçant les sourcils.

Gaëlle enfila son manteau et ses gants sans mot dire.

— Je comprends votre fureur, Gaëlle. Néanmoins, j'ai un service à vous demander. Il faut que vous veniez saluer Russel Glenn qui déjeune avec moi. Il s'est étonné de voir ma fiancée à la table d'un autre homme...

— Je ne suis pas votre fiancée, grinça Gaëlle. J'en ai assez de cette comédie sordide. Cela ne vous aide aucunement. Je suis lasse de passer pour...

— Russel accepte de me céder la *Softek,* coupa-t-il. Nous mettons les détails au point en ce moment-même.

— Dans ce cas, vous n'avez plus besoin de mes services.

— Vous vous trompez ! Krystal n'est pas d'accord avec son père. S'ils découvrent que nous les avons abusés, Russel reviendra sur sa décision. D'ailleurs, il faut...

— Non, pas question ! Vous n'obtiendrez rien de plus !

— Je vous préviens que si vous gâchez tout, je...

— Licenciez-moi donc !

Oppressée, Gaëlle avait le souffle court et les joues empourprées. De guerre lasse, elle se contenta de fusiller son compagnon du regard. Jonathan, amusé, se pencha alors pour l'embrasser sur le bout du nez.

Gaëlle abandonna la partie. Elle n'était pas de force à lutter contre la détermination de Jonathan qui, comme de coutume, obtiendrait gain de cause.

Elle l'accompagna docilement à la table de Russel Glenn qui les attendait.

Ils sortirent ensemble du restaurant et se séparèrent après les salutations d'usage.

Jonathan prit le bras de Gaëlle et ils regagnèrent la *Compagnie Logan* d'un pas alerte sans échanger un seul mot. Lorsque la porte de leurs bureaux se referma sur eux, Gaëlle demanda d'une voix lasse :

— Pourquoi avez-vous fait cela ? Tout Denver pense que nous sommes amants. Fallait-il vraiment que la nouvelle parvienne aux oreilles de ma famille ?

— Je ne savais pas que ce jeune homme était votre frère ! J'ignorais jusqu'à son existence. Vous ne m'en avez jamais parlé !

— Cette comédie ne devait durer que quelques jours...

— Ce n'est pas ma faute si la situation est ce qu'elle est.

— Vraiment ? Votre réputation souffrira de vos fiançailles avec une secrétaire insignifiante. Quand cette mascarade prendra-t-elle fin ?

— Dans une semaine environ. Russel n'a encore rien signé. J'ai bon espoir de le convaincre, cependant, il ne faut prendre aucun risque.

Saisi d'une soudaine inspiration, il prit la main de Gaëlle entre les siennes.

— En attendant, je vous ordonne de mettre votre bague de fiançailles.

— Je ne supporterai pas une semaine de plus... ! cria Gaëlle avant de sortir.

Jonathan ne se donna pas la peine de répondre à cette provocation. Gaëlle ouvrit son sac pour prendre le saphir mais, à sa grande consternation, il ne s'y trouvait pas. Alarmée, elle vida le contenu de son sac sur son bureau. La bague avait disparu. « C'est impossible, voyons... » songea-t-elle en blêmissant. Si elle ne la retrouvait pas, Jonathan la tuerait de ses propres mains.

Soudain, un éclat lumineux attira son regard. Le saphir était prisonnier d'un repli de son sac. D'un geste nerveux, Gaëlle l'extirpa de sa cachette pour le glisser prestement à son doigt avant de s'effondrer sur un siège.

Au même moment, la porte s'ouvrit sur Jonathan. Les sourcils levés, il dit :

— Pensez-vous que ce soit le moment de remettre de l'ordre dans votre sac ?

Gaëlle débarrassa son bureau en quelques secondes.

— Préparez-vous, reprit-il. Je serai de retour dans un instant.

— Le saphir est-il assuré ? demanda soudain Gaëlle.

— Non.

Lorsque Jonathan disparut, elle porta la bague à ses lèvres en fermant les yeux. « Je ne la quitterai plus », se promit-elle en soupirant.

Tout en réglant les derniers détails de la réception, Gaëlle se remémorait mot pour mot les propos de Darrel ; « Tu croyais être amoureuse... des châteaux en Espagne... Aujourd'hui, tu ne lui accorderais plus un regard !... Tu as changé... »

Il ne pouvait pas en être ainsi. Gaëlle avait aimé Craig de tout son cœur. S'il était encore en vie...

Elle secoua la tête en se dirigeant vers l'ascenseur. Le passé était mort, et l'avenir sans consistance, en l'absence de Craig.

Gaëlle avait opté pour une tenue moins stricte que d'ordinaire. Elle portait le tailleur prune acheté quelques jours plus tôt en compagnie d'Elizabeth. Depuis qu'elle était allée chez une esthéticienne, elle se maquillait les yeux et s'étonnait d'avoir un regard aussi profond. Quant à ses cheveux, sans qu'elle ait à leur consacrer beaucoup de soins, ils encadraient délicieusement son visage.

Darrel avait raison de dire qu'elle avait changé. Physiquement, elle s'était épanouie. De plein gré, elle avait modifié certains détails de sa physionomie alors que Craig, de son vivant, l'en aurait empêchée... « Tu es une secrétaire parce qu'il en a voulu ainsi... » avait déclaré Darrel.

— Ce n'est pas vrai, murmura-t-elle pour elle-même. J'ai choisi mon destin et j'aime mon travail.

Gaëlle inspira profondément sans parvenir cependant à oublier les propos de son frère. Pour la première fois depuis la mort de Craig, elle tentait d'imaginer sa vie avec lui. Aurait-il fini par concrétiser l'un de ses merveilleux rêves ?

Que se serait-il passé s'ils s'étaient mariés ? Gaëlle aurait-elle supporté de vivre dans l'incertitude, dans l'espoir insensé de jours meilleurs ? Se serait-elle lassée de Craig, de ses idées, de son idéal inaccessible ? Leur union se serait peut-être soldée par un échec et aujourd'hui, Gaëlle vivrait seule avec un enfant ou deux à sa charge, des soucis...

Elle n'aurait pas les moyens de s'offrir une lithographie de Dali... et pas le temps de visiter des galeries de peinture...

Elle se consacrerait au bien-être de sa progéniture... « Mais non, voyons, quelle idée ! songea-t-elle en secouant la tête. Nous n'aurions peut-être pas eu d'enfants... »

Gaëlle se serait-elle tout à fait méprise ? Elle n'eut pas le loisir de réfléchir davantage car l'ascenseur venait de s'immobiliser dans le hall.

« Tu as du travail, se dit-elle avec sérieux. » Au moins, une chose était sûre : son deuil s'achevait dans l'incertitude la plus angoissante. Craig était mort et enterré... Gaëlle devait affronter l'avenir...

Thomas leva les yeux vers elle à son arrivée dans le

hall. Vêtu d'un complet élégant, il jouait son rôle à la perfection. Depuis qu'il avait vu Gaëlle au bras de Jonathan, il lui parlait avec un respect affecté, fort surprenant de sa part. Peut-être craignait-il de perdre son emploi s'il osait la moindre remarque désobligeante. Il refrénait son sens inné de l'humour...

Les électriciens vérifiaient les installations tandis que les ouvriers de l'entretien fabriquaient une estrade sur laquelle on poserait le nouvel ordinateur afin que chacun puisse le contempler dans les meilleures conditions.

Bientôt, le hall se remplirait d'invités bruyants qui parleraient informatique dans chaque coin de la pièce. Les rires fuseraient et les bouchons de champagne sauteraient gaiement.

La réception ressemblait à une salle de bal avec sa fontaine en plein centre, ses tables disséminées çà et là, surmontées de parasols. Le tout formait un ensemble ravissant.

Jonathan supervisait la décoration, dispensait ordres ou conseils, selon le cas. Il paraissait heureux de cet événement qui concrétisait l'un de ses rêves les plus chers... Il s'était battu pour atteindre les buts qu'il s'était fixés. Il jouissait d'une réussite exemplaire, admirable...

« Seigneur ! » soupira Gaëlle pour elle-même, sous le regard interrogateur de Thomas.

Elle ne se donna pas la peine de lui cacher son trouble. La découverte qui venait d'effleurer son esprit la bouleversait... Thomas n'existait pas, le monde n'était plus qu'un chaos indescriptible avec, en son centre, une silhouette élégante, un visage séduisant, des yeux expressifs... un homme de chair et de sang, l'homme dont Gaëlle était éprise : Jonathan Logan.

Elle s'agrippa au bureau de Thomas pour ne pas s'effondrer sous le choc de la révélation.

— Ce n'est pas possible, gémit-elle.

Gaëlle était, pour son plus grand malheur, amoureuse d'un homme au cœur sec et froid comme la pierre...

9

« C'est incroyable, se dit-elle. L'amour ne naît pas de cette façon. » Puis, en réfléchissant davantage, elle comprit qu'il ne s'agissait pas d'un coup de foudre, mais d'un attachement qui n'avait cessé de croître. Plusieurs détails lui revenaient en mémoire. Hélas, elle n'avait bénéficié d'aucun conseil.

Quand Elizabeth avait franchi le seuil de son bureau, Gaëlle l'avait prise pour une des maîtresses de Jonathan. Elle se rappelait à présent le pincement au cœur qu'elle avait ressenti…

Et voilà qu'elle était prisonnière d'un amour impossible, irraisonné. Le charme des Logan, dont Elizabeth lui avait longuement parlé, opérait une fois encore. Gaëlle s'en voulait d'avoir traité Jonathan avec une telle désinvolture. Il n'avait même pas tenté de la séduire…

« Il n'en saura rien », se promit-elle en jetant un coup d'œil alentour, surprise de se trouver dans le hall. La réalité reprenait forme. Son accès de faiblesse était-il passé inaperçu ? Gaëlle l'espérait de tout cœur. Elle se redressa, prête à affronter la suite des événements. Il lui faudrait beaucoup de courage…

La réception fut une réussite, à la grande satisfaction de Gaëlle qui avait tout mis en œuvre pour qu'il en fût ainsi. Cependant, elle fournit un gros effort afin de garder la face sous les regards curieux des invités. Debout auprès de Jonathan, elle les accueillit avec un sourire qu'elle aurait souhaité moins crispé. Jonathan la tenait par la main, à son grand désarroi. Elle tenta en vain de se dégager de son emprise.

— Souriez, lui dit-il à voix basse. On dirait que je vous garde en otage.

— C'est exact, marmonna-t-elle, les dents serrées. Vous me broyez les doigts.

Jonathan l'enveloppa alors d'un regard tendre avant de déposer un baiser sur sa joue. Gaëlle s'efforça de ne pas frissonner.

Une jeune femme avait remarqué l'élan de Jonathan. Elle le dévisageait avec curiosité. Gaëlle lui aurait volontiers cédé sa place. Elle eut soudain envie de provoquer une scène devant la foule des invités afin de leur révéler la pauvreté des sentiments de Jonathan à son égard. A quoi bon ? Elle passerait pour une folle...

— A propos, reprit-il, j'ai communiqué la nouvelle de nos fiançailles à tous les journaux...

Gaëlle lui jeta un regard horrifié. Elle ne put poser la question qui lui brûlait les lèvres, car Jonathan venait d'accueillir un vieil homme, un ami de longue date.

— Je vous emmènerai dîner à la fin de la réception, déclara-t-il dès que son interlocuteur se fut éloigné.

Il ne s'agissait pas d'une invitation mais d'un ordre.

— Désolée, rétorqua-t-elle. Je suis trop fatiguée.

Sans un mot de plus, elle s'éloigna pour rejoindre un groupe de jeunes gens.

Bien plus tard, Jonathan monta sur l'estrade pour expliquer à ses invités le fonctionnement du nouvel ordinateur. Au premier plan, les journalistes bombardaient l'appareil de leurs flashes. Tous les magazines techniques le représenteraient en première page dès leur prochaine parution.

Gaëlle supervisait le service des maîtres d'hôtel. Le champagne coulait à flots et les invités s'amusaient visiblement beaucoup. Inutile de s'inquiéter. Certains se mirent à danser, entraînant tous les autres à leur suite. La réception battait son plein.

Pourquoi les Glenn brillaient-ils par leur absence ? se demanda Gaëlle, à la fois anxieuse et ravie de ne pas devoir les affronter. Peut-être Krystal souffrait-elle de la décision de son père. Se sentant lésée, elle avait sans doute préféré ne pas se joindre à la fête…

Hélas, l'espoir de Gaëlle se révéla vain. Krystal fit son apparition au moment le plus inattendu. Son entrée fut très remarquée. Les invités enveloppèrent la nouvelle venue de regards admiratifs. Krystal, tout de rouge vêtue, resplendissait. Elle se dirigea vers Jonathan, un sourire éclatant aux lèvres. Gaëlle, non loin de là, l'entendit murmurer :

— Très cher, je suis fière de vous ! Cette fête est réussie. Montrez-moi votre nouveau jouet, voulez-vous ?

— Il vous intéresse vraiment ? interrogea Jonathan en riant.

— Tout ce qui vous concerne m'intéresse, voyons !

Au moment où elle prononçait ces mots, Krystal aperçut Gaëlle. Elle lui lança un coup d'œil malveillant, luisant de menace.

Gaëlle se détourna. Au lieu de s'approcher de Krystal qu'elle n'avait pourtant pas saluée, elle préféra rejoindre Russell Glenn.

— Voulez-vous une coupe de champagne ?

Tout en s'entretenant avec lui, Gaëlle observait Jonathan à la dérobée tandis qu'il aidait Krystal à se débarrasser de son manteau. Il faisait preuve d'une sollicitude irritante à l'égard de cette femme antipathique… De toute façon, elle ne serait pas sa maîtresse plus longtemps que les autres... Les conquêtes de Jonathan ressemblaient toutes à des poupées inconsistantes. Krystal ne faisait pas exception à la règle... Gaëlle se serait moquée du passé instable de Jonathan s'il avait daigné lui accorder son affection...

Bientôt, cette comédie s'achèverait. Jonathan mènerait à nouveau une vie dissolue, séduisant femme après femme pour les négliger ensuite. Quant à Gaëlle, elle souffrirait en silence, jusqu'à la fin de ses jours...

Soudain, il y eut un silence. Gaëlle, anxieuse, tourna la tête vers l'attroupement qui s'était formé autour de Krystal. Elle portait une robe excentrique au plus haut point qui révélait ses formes d'une façon scandaleuse, tout à fait hors de propos dans une réception de ce genre.

Les invités la contemplaient, ouvertement choqués.

— Ma robe vous plaît, Jonathan ? s'enquit Krystal en accompagnant ses mots d'un regard éloquent.

— Elle est très belle, Krys... Messieurs, je vous en prie, laissez-nous passer.

Jonathan prit le bras de Krystal pour l'entraîner vers l'estrade où l'ordinateur provoquait encore quelques commentaires de la part de ses admirateurs.

Gaëlle les observa longuement tandis qu'ils s'entretenaient aimablement, comme des amis... ou des amants de longue date. Elle croisa soudain le regard attristé d'un journaliste et tourna la tête. Elle avait surpris dans les yeux de Krystal l'expression d'une haine indescriptible à son égard. Cette femme était sa pire ennemie... Elle secrétait un venin mortel. Gare à celui ou celle qui oserait contrecarrer ses projets...

Nathalie Weston était présente à la réception. Pour être sûre que chacun la reconnaisse, elle portait la tenue dans laquelle Ron l'avait photographiée.

Plusieurs posters la représentaient aux quatre coins de la pièce. Elle semblait de mauvaise humeur, mais à la vue de Gaëlle, elle ébaucha un sourire narquois avant de la rejoindre. Elle lui indiqua Jonathan du menton et dit :

— Vous pensiez l'attirer dans vos filets, n'est-ce pas ? Hélas, vous n'êtes pas de taille à lutter contre cette... Krystal Glenn !

Gaëlle ne put s'empêcher de rétorquer :

— Vous non plus, madame Weston !

Le sourire de Nathalie se figea et ses yeux se plissèrent à demi mais elle n'eut guère le loisir de répliquer. Gaëlle s'éloigna vivement pour ne plus avoir à supporter ses sarcasmes.

Le lendemain matin, à son arrivée au bureau, Gaëlle salua aimablement les hommes de l'entretien qui démontaient l'estrade et finissaient de remettre le hall en ordre.

Thomas, les yeux cernés, paraissait exténué.

— Vous avez mauvaise mine ! lança Gaëlle au passage.

Thomas poussa alors son gobelet en carton d'un geste maladroit. Gaëlle s'approcha du bureau.

— C'est un reste de champagne... balbutia Thomas, gêné.

— Vous êtes fou ! Regardez-vous dans une glace. Vous êtes méconnaissable.

— Et alors ?

— Remplacez ce champagne par un bon café noir !

— D'accord... Vous ne direz rien au patron, s'il vous plaît. Il serait furieux.

— S'il vous voit dans cet état, il n'aura pas besoin de moi pour s'apercevoir que vous êtes ivre. Reprenez-vous, Thomas. Rassurez-vous, je ne lui dirai rien...

Jonathan était déjà installé à sa table de travail. Depuis quelque temps, il arrivait de très bonne heure chaque matin. Il menait une vie bien rangée afin que personne ne doute de sa bonne foi. « Il passe pour un fiancé vertueux » songea Gaëlle avec une pointe d'amertume. Pour sa part, elle ne croyait pas à ce revirement. Jonathan était simplement plus discret que d'ordinaire...

Elle jeta son sac sur son bureau d'un geste nerveux, furieuse de laisser son esprit vagabonder... Depuis trois semaines, Jonathan ne l'avait pas chargée d'envoyer de fleurs à qui que ce soit...

Bloc-notes en mains, elle entra dans son bureau. Jonathan, debout devant la fenêtre, paraissait plongé dans ses pensées.

— Il neigera avant la nuit, déclara Gaëlle.

— Toujours aussi pessimiste ! Vous prévoyez du mauvais temps alors que le soleil brille !

— Pessimiste ? répéta-t-elle. Non, réaliste tout au plus.

— Eh bien, je serais ravi qu'il neige. Quand ma famille me rejoindra, nous pourrons skier à perdre haleine.

— Quand viennent-ils ?

— Dans deux semaines.

Gaëlle poussa un profond soupir.

— D'ici là, vous serez le propriétaire de la *Softek !*

Jonathan se tourna pour la dévisager d'un air pensif. Il avait les traits tirés et son regard ne présageait rien de bon.

— Je me trompe ? balbutia Gaëlle.

— J'en ai peur, en effet. Russell veut s'assurer que le Gouvernement Fédéral ne voit aucune objection à la vente avant de me céder la *Softek*. Il craint qu'on ne l'accuse de concurrence déloyale.

— C'est absurde !

— Il est le propriétaire de cette société de programmation. C'est lui qui définit les règles du jeu. Quant à Krystal, elle représente un obstacle non négligeable.

— Jonathan, vous m'aviez promis que cette comédie ne durerait que quelques jours. Je vous ai fait confiance... pour mon plus grand malheur.

— Je ne pensais pas que Russell s'installerait à Denver afin de me surveiller. S'il était reparti pour la Californie, nous...

— Je vous en prie, Jonathan ! Vous êtes responsable de cette situation. Si vous n'aviez pas encouragé Krystal...

Gaëlle se mordit la lèvre, furieuse d'avoir laissé libre cours à ses soupçons.

— Que voulez-vous dire ? Expliquez-vous !

Gaëlle leva les yeux au ciel, excédée.

— Si vous ne comprenez pas... c'est qu'il n'y a plus aucun espoir... Oh, Jonathan, qu'allons-nous faire ? Quand votre famille sera là...

— Nous irons skier ! rétorqua-t-il, imperturbable.

— Seigneur ! Ne vous moquez pas de moi ! Leur direz-vous la vérité ?

— Je l'ignore.

— Dans ce cas, je m'en chargerai, menaça-t-elle en fronçant les sourcils.

La tempête de neige éclata au beau milieu de l'après-midi, tandis que Gaëlle, plongée dans l'étude de documents législatifs, s'arrachait les cheveux à essayer de les comprendre. Malheureusement, elle n'arrivait pas à se concentrer sur son travail ; le téléphone sonnait en permanence. Les visites se succédaient sans répit.

Ron, le directeur de la publicité se percha sur son bureau, déterminé à obtenir un rendez-vous avec Jonathan.

— Oh, Ron, partez ! supplia Gaëlle. Il est surchargé de travail...

— Ce que j'ai à lui dire ne peut pas attendre, insista le jeune homme.

Gaëlle, après l'avoir dévisagé un long moment,

comprit que Ron était sérieux. Elle pressa l'interphone sans hésiter davantage.

Jonathan accepta de le recevoir. Gaëlle accompagna Ron jusqu'à la porte du bureau et lorsqu'il eut disparu, elle se remit à l'ouvrage avec acharnement.

La neige obscurcissait le ciel et le vent sifflait une mélodie lugubre dans les arbres. Agacée, Gaëlle baissa les stores et alluma la lumière bien qu'il fût encore très tôt. A six heures du soir, en dépit de ses efforts, elle n'avait consulté que la moitié des dossiers posés devant elle.

L'interphone grésilla suivi de la voix de Jonathan.

— Gaëlle, demandez au restaurant du coin de monter un repas pour deux, s'il vous plaît.

La jeune femme soupira, excédée. Qui était l'heureuse élue pour ce dîner en tête à tête? Krystal?

— Oui, patron! rugit-elle.

— Vous en avez pour longtemps? Rien ne vous oblige à rentrer chez vous de bonne heure?

— Si je dois rester, je resterai, rétorqua-t-elle.

— Merci... Nous nous reposerons tout à l'heure devant un bon souper. Nous nous remettrons à l'ouvrage ensuite. Quand tout le monde sera parti, nous serons plus tranquilles.

Gaëlle ne laissa rien paraître de sa surprise. Jonathan se souciait visiblement beaucoup des apparences. Il se lasserait hélas très vite de cette vie dépourvue d'intérêt...

Une heure plus tard, le commis du restaurant s'annonça à la porte du bureau.

— J'ai l'impression qu'il neige très fort! s'exclama Gaëlle à la vue de ses vêtements trempés.

— La tempête empire d'heure en heure!

Gaëlle lui glissa un billet de cinq dollars avant de

le raccompagner à la sortie. Puis, chargée du grand panier, elle frappa à la porte de Jonathan.

— Le dîner est servi ! lança-t-elle.

Il posa son stylo et étira les bras au-dessus de sa tête.

— Je suis affamé, déclara-t-il... Je ne me rappelle pas avoir déjeuné, à midi.

— Non... moi non plus, d'ailleurs.

Gaëlle souleva le torchon qui recouvrait leur repas. Elle n'avait pas choisi un menu en particulier. Le patron du restaurant connaissait visiblement les goûts de Jonathan qui recourait à cette méthode quand il recevait ses maîtresses chez lui...

« Une bouteille de champagne, bien entendu ! » songea Gaëlle en vidant le panier. A sa grande stupeur, les couverts étaient en argent.

— Eh bien, vous ne lésinez pas ! lança-t-elle en haussant les sourcils.

— J'aime la belle vaisselle... Voulez-vous une coupe de champagne ?

— Si nous voulons nous remettre au travail, il vaudrait mieux ne rien boire.

— Quelle autre occupation suggérez-vous ?

Gaëlle rougit sensiblement, furieuse d'avoir provoqué une allusion de mauvais goût.

— Soyons sérieux, Jonathan !

— Vous êtes très jolie quand vos joues s'enflamment...

Gaëlle haussa les épaules et attaqua le dîner avec un bel appétit. Après ce repas improvisé, elle se sentit beaucoup mieux. La faim ne la tenaillait plus.

Jonathan s'accorda un moment de répit, un cigare et un petit verre de whisky.

— Pourquoi êtes-vous devenue secrétaire ? demanda-t-il soudain.

— Auriez-vous parlé avec mon frère ? rétorqua-t-elle, sur le qui-vive.

Jonathan se pencha vers elle d'un air interrogateur.

— Non... Pourquoi ?

— Darrel et moi avons des opinions divergentes à ce sujet, voilà tout. Je vous ai déjà expliqué que je n'aimais pas prendre de décisions... Je préfère rester dans l'ombre...

Jonathan n'insista pas. Pourtant, cette réponse ne le satisfaisait visiblement pas. Après un long silence, Gaëlle demanda à son tour :

— Et vous, pourquoi êtes-vous devenu informaticien ?

— Quand j'étais enfant, j'avais une passion pour les ordinateurs et l'électronique. Mon père pensait que cette lubie me passerait. Il comptait sur moi pour le seconder. Il est banquier.

— C'est pratique, en affaires !

— Pas toujours. J'ai obtenu des prêts ailleurs, à mes débuts. Whit Logan ne se lance jamais dans des spéculations hasardeuses, c'est la raison pour laquelle ses affaires sont si florissantes.

Il s'interrompit, un sourire affectueux sur les lèvres.

— Petit à petit, continua-t-il, il m'a pris au sérieux. Quand il a compris que j'avais toutes les chances de réussir, il m'a alors offert son soutien.

— Vous aimez beaucoup votre père, n'est-ce pas ?

— C'est un homme d'exception. Mon frère Grady et moi nous en sommes rendu compte très tôt. Il déteste qu'on discute son autorité mais sa bonté est immense. Il se mêle un peu trop de ce qui ne le regarde pas... Je ne lui en veux pas. Mon frère et moi sommes encore des gamins à ses yeux.

— Votre famille est très unie, il me semble. Vous vous rencontrez plusieurs fois chaque année.

— Oui. Nous respectons un rythme de retrouvailles étonnant, vu de l'extérieur.

Gaëlle songeait à cette famille qui, envers et contre

tout, se serrait les coudes. Ce devait être formidable de se sentir soutenu de cette façon... Puis, elle regarda sa montre.

— Au travail ! lança-t-elle.

— Certainement pas. J'en ai plus qu'assez du bureau ! Je vous raccompagne.

Gaëlle ne protesta pas. Elle était lasse, et une bonne nuit de repos lui ferait le plus grand bien.

— Ne vous dérangez pas, je prendrai un taxi.

— Pas question.

Ils furent accueillis par un froid cinglant dès qu'ils passèrent le seuil de la *Compagnie Logan*. La neige tombait toujours mais au lieu de flocons, des épines glacées leur piquaient le visage. Le vent hurlait dans les arbres. Gaëlle suffoquait en respirant cet air glacé. Jonathan lui prit le bras pour l'entraîner à sa suite. Sans son soutien, Gaëlle serait tombée plusieurs fois.

Il la poussa soudain sous un porche pour se mettre à l'abri.

— Je suis désolée, souffla Gaëlle . Je ralentis votre marche... J'aurais dû mettre des bottes et non ces chaussures à talon...

Il l'interrompit.

— Regardez, pas une seule voiture ne circule.

— Parce qu'il est tard ! suggéra Gaëlle.

— Oh non ! Les rues sont tout bonnement impraticables. Nous ne pourrons pas sortir la Jaguar par ce temps.

— Vous craignez de percuter un arbre ?

— Ma voiture n'avancera pas d'un pouce... Inutile d'essayer. Allons, retournons au bureau.

La tempête faisait rage. Lorsqu'ils franchirent le seuil de la compagnie, Gaëlle s'adossa au mur, essouflée.

— Je vais appeler un taxi... du bureau, suggéra-t-elle.

Sans tenir compte de cette remarque, Jonathan

117

l'entraîna dans l'ascenseur. Gaëlle le regarda sans mot dire pendant un instant, puis elle murmura :

— Vous ne devriez pas sortir sans chapeau.

Elle leva la main pour secouer la neige de ses cheveux mais Jonathan l'emprisonna entre les siennes. Les yeux dans les yeux, ils se dévisagèrent longuement, puis Gaëlle tourna la tête, de peur que son regard ne révèle ses sentiments. Jonathan rompit la glace.

— Vos mains sont gelées. Quelle idée d'avoir oublié vos gants !

A sa grande stupéfaction, Gaëlle s'aperçut que l'ascenseur poursuivait sa course au-delà de l'étage où se trouvaient les bureaux.

La porte s'ouvrit sur un couloir moquetté de rouge.

Gaëlle n'était jamais montée à l'appartement de Jonathan. Comme un automate, elle sortit de la cabine qui se referma silencieusement derrière elle... Jonathan l'entraînait dans... son « nid d'amour »...

10

« Ne sois pas ridicule ! » se dit Gaëlle. Jonathan pouvait-il la conduire ailleurs que dans son appartement ? Dormir sur une chaise de bureau eût été plus qu'inconfortable.

Il ouvrit une porte capitonnée qui donnait sur une grande pièce chaleureuse.

— Il faut vous sécher, Gaëlle, sinon vous allez attraper une pneumonie.

L'entrée était séparée du living par une voûte de pierre. Après avoir franchi trois marches, ils aboutirent dans le salon, immense, dont le centre était occupé par un piano à queue.

Contrairement à l'image que Gaëlle s'était faite du « nid d'amour » de Jonathan, son appartement était sobre, élégant. L'un des murs, tout en briques, était agrémenté d'une cheminée gigantesque. Autour, trois canapés de cuir invitaient au repos et à la contemplation du feu. Il fallait descendre légèrement pour s'y installer. Une lumière tamisée enveloppait l'ensemble d'une lueur apaisante.

Gaëlle s'étonnait du peu de mobilier contenu dans la pièce. A part le piano, il y avait un bar, un meuble hi-fi, une statue de bronze représentant un paysan au labour. Puis, çà et là, des coussins, des plantes vertes, et des porcelaines délicates réchauffaient l'atmosphère de leurs couleurs chatoyantes.

Soudain, Gaëlle surprit une lueur d'impatience dans les yeux de Jonathan. Immobile, les bras croisés, il la dévisageait d'un air sombre. Sans un mot, Gaëlle le suivit tandis qu'il se dirigeait vers une autre pièce.

— Excusez… ma curiosité… balbutia-t-elle, gênée.

Jonathan n'émit aucun commentaire. La porte qu'il ouvrit donnait sur une chambre spacieuse, meublée en tout et pour tout d'un lit sur une estrade.

— La salle de bains se trouve de ce côté, indiqua-t-il d'un geste vague. Je vais vous chercher des vêtements secs.

Gaëlle n'osa protester, pourtant l'idée de revêtir une robe oubliée par une visiteuse de passage ne l'enchantait pas. Mais le froid avait transpercé ses vêtements ; elle frissonnait des pieds à la tête.

— Ne m'affublez pas d'un négligé de dentelle noire, ironisa-t-elle. Je ne le porterais pas.

— Loin de moi cette idée ! rétorqua-t-il ironiquement.

Gaëlle se mordit la lèvre de dépit.

— Ecoutez… je suis vraiment désolée…

— Vous ne me dérangez pas, alors inutile de vous sentir gênée ! Prenez plutôt une douche ou un bain.

Il se mit à fourrager dans les tiroirs d'une commode.

— Et vous ? répliqua Gaëlle. Vous êtes trempé…

Elle s'interrompit en rougissant. L'ambiguïté de ses propos ne passerait pas inaperçue… A son grand soulagement, Jonathan ne releva pas.

Gaëlle se réfugia dans la salle de bains où, à son entrée, elle laissa échapper un petit cri de surprise. La pièce était encore plus grande que la chambre. En son centre, il y avait une baignoire circulaire creusée dans le sol, assez large pour quatre…

— Ainsi s'explique la chute de l'empire Romain, murmura Gaëlle, impressionnée par un tel luxe.

120

En dépit de son désir de se glisser dans la baignoire, Gaëlle se dirigea résolument vers les panneaux coulissants de la douche.

L'eau s'écoula longuement sur son corps frissonnant qui finit par se réchauffer.

— Je pourrais me prélasser ainsi toute la nuit, souffla-t-elle pour elle-même.

Mais Jonathan avait sans doute autant besoin qu'elle de se décontracter. Elle s'enveloppa d'une ample serviette. Sans s'attarder, elle jeta un coup d'œil à son reflet échevelé dans le miroir de la coiffeuse. Puis, elle quitta la salle de bains.

A sa grande surprise, Jonathan avait disparu. Un silence profond accueillit Gaëlle à son retour dans la chambre. Un pyjama de soie reposait au pied du lit.

Gaëlle l'enfila prestement en refoulant son fou rire. Le pyjama appartenait de toute évidence à Jonathan. Il lui fallut retrousser les manches de la veste pour retrouver l'usage de ses mains. Elle laissa le pantalon de côté et opta pour la robe de chambre dont elle serra soigneusement les pans.

Puis, elle s'apprêta à rejoindre son hôte. Elle perçut quelques notes de musique qu'elle n'eut aucun mal à identifier. Il s'agissait d'une sonate de Beethoven. Jonathan aimait donc les œuvres classiques... cela ne lui ressemblait pourtant pas. Décidément, Gaëlle n'était pas au bout de ses surprises en ce qui concernait son mystérieux « fiancé »...

A pas feutrés, elle se dirigea vers le salon, et elle s'immobilisa sur son seuil, pétrifiée. Jonathan, installé au piano, lui tournait le dos. Concentré sur sa musique, il ne l'avait pas entendue approcher.

Instinctivement, elle recula de quelques pas pour s'adosser au mur. Elle venait de faire une découverte qui la déconcertait au plus haut point. Jonathan était un virtuose, un pianiste de talent... Jamais Gaëlle ne l'aurait soupçonné...

Charmait-il ses maîtresses de cette façon ? Non, certainement pas.

Soudain, la musique se tut, remplacée par le silence. Gaëlle s'accorda un moment de répit avant de retrouver son hôte. Il l'accueillit en souriant.

— Alors, cette douche ?

— Formidable... J'espère ne pas avoir été trop longue. Vous souhaitez sans doute vous détendre à votre tour ?

Il haussa les épaules négligemment avant de déboucher une bouteille de champagne.

— Que fêtez-vous ? interrogea Gaëlle.

— Rien. Le champagne fait d'un jour ordinaire un instant d'exception.

Gaëlle but le contenu de sa coupe à petites gorgées, les yeux fixés sur le feu où l'âtre rougeoyait délicieusement.

— En tout cas, reprit-elle, si la neige persiste, personne ne viendra travailler demain matin. Seuls au bureau, nous finirons ce que nous avons entrepris en un rien de temps.

— J'ai une bien meilleure idée, répliqua Jonathan. Passons le week-end à Pino Reposo. Nous débrancherons le téléphone, enfermerons Underdog à la cave et prierons Peters de ne pas nous importuner.

Gaëlle fronça les sourcils, soucieuse. Supporterait-elle un tête-à-tête prolongé avec Jonathan, à présent qu'elle se savait éprise de lui ? Parviendrait-elle à lui cacher ses sentiments ?

— C'est impossible... J'ai promis à mon frère de m'occuper de sa petite fille.

— Quel âge a-t-elle ?

— Trois ans.

— Alors, oubliez ma proposition... Avez-vous faim ? J'ai du caviar et des toasts.

A l'idée de ne plus jamais revoir Pino Reposo, Gaëlle ressentit une profonde déception.

122

— Du caviar ? répéta-t-elle, incrédule. N'avez-vous rien de plus modeste ?

— Hélas, non… A propos, le pyjama vous convient-il ? demanda-t-il avant de s'asseoir sur le canapé.

— Il est un peu grand… J'ai utilisé la veste uniquement.

— Le rouge est une couleur qui vous va bien.

— L'étoffe me paraît un peu déplacée… Il ne me serait jamais venu à l'idée de porter un pyjama de soie !

— Moi non plus, je l'avoue, répliqua Jonathan en riant. Il s'agit d'un cadeau.

Gaëlle préféra ne pas approfondir la question. Elle prit place à côté de Jonathan en silence. Puis, oppressée par la proximité de son compagnon, elle demanda :

— Pourriez-vous mettre un peu de musique ?

— Bien sûr, acquiesça-t-il en pressant sur l'un des boutons de contrôle incrustés dans la table basse.

La lumière diminua d'intensité et quelques notes tristes s'échappèrent des haut-parleurs.

— Oh non, pas Roméo et Juliette ! protesta Gaëlle.

— Bravo ! Peu de gens reconnaissent une œuvre en deux mesures. Je vous propose un jeu : vous écoutez un morceau de mon choix pendant quelques secondes, puis, vous l'identifiez…

— Non, c'est absurde, rétorqua Gaëlle en se levant pour consulter la discothèque de Jonathan.

Après avoir choisi une œuvre plus enjouée, elle s'installa à nouveau sur le canapé.

— Que faire en attendant l'heure de dormir ? interrogea Jonathan, une lueur malicieuse dans le regard.

Comme Gaëlle ne répondait pas, il ajouta :

— Etes-vous prête à passer l'examen dont nous avons parlé l'autre jour ?

La jeune femme tourna la tête pour masquer son embarras, tandis que Jonathan, après un petit rire bref, remplissait à nouveau leurs coupes. Puis, l'inévitable se produisit. Etroitement enlacés, ils échangèrent un baiser passionné.

— Beaucoup mieux ! s'exclama Jonathan. Vous apprenez vite !

« Il se moque de moi » songea Gaëlle avec une pointe d'amertume. Elle s'écarta doucement de Jonathan pour demander, d'une voix dont elle s'efforça de maîtriser le tremblement :

— Vous n'avez pas répondu à ma question.

Il effleura sa joue du revers de la main avant de dire :

— Laquelle ?

— Pourquoi avez-vous choisi l'informatique ? Pourquoi les ordinateurs vous fascinent-ils ?

— Voyons, Gaëlle... vous ne tenez pas à connaître les réponses à ces deux questions. Avouez que vous pensez à autre chose.

— Vous vous méprenez ! protesta-t-elle.

Il fallait à tout prix poursuivre cette conversation... Gaëlle sentait ses défenses faiblir dangereusement. Si Jonathan la prenait à nouveau dans ses bras, elle succomberait à son charme, au risque d'en souffrir jusqu'à la fin de ses jours.

Il s'étira, glissa un bras autour de ses épaules, sans chercher cependant à l'attirer contre lui.

— Les ordinateurs... souffla-t-il, songeur. Je ne me suis jamais demandé d'où venait mon attirance.

Après un long silence, il reprit :

— J'aime la logique... En informatique, il n'y a jamais d'incertitude, de hasard. C'est une discipline qui demande un esprit rigoureux.

— Oui, mais c'est artificiel !

— Certes ; cependant la programmation réduit la complexité d'un problème à une série de réponses claires, sans ambiguïtés.

Gaëlle réfléchit un instant avant d'insister :

— Est-ce la raison qui vous pousse à acheter la *Softek*?

— Pas uniquement... Je pourrais simplement étendre le département programmation de la société. D'ailleurs, j'y songe. Une équipe de chercheurs travaille à l'élaboration de nouveaux jeux pour adultes.

Comme Gaëlle l'observait d'un air interrogateur, il ajouta :

— Je veux la *Softek*, je l'avoue... Les petites sociétés sont riches en idées... La *Softek* plus que les autres.

— Auriez-vous fini par épouser Krystal Glenn, le cas échéant ?

— Je ne crois pas au mariage, vous le savez.

— Cela ne répond pas à ma question.

— Qui songerait à épouser cette gamine capricieuse ?

— Elle est belle...

— Elle n'est pas la seule. Krystal a une volonté de fer. Dans dix ans, ce sera un véritable despote.

— Ainsi, vous n'auriez pas cédé au chantage de Russell, au risque de perdre la *Softek*?

— De toute façon, je ne veux absolument pas me marier.

Gaëlle se tourna alors vers lui pour le regarder en face.

— Savez-vous ce que disent les psychologues lorsqu'ils sont confrontés à des gens comme vous ?

— Non, admit-il en souriant.

— Vous êtes victime d'une fixation. Les séducteurs ne s'impliquent jamais sérieusement. Les femmes ne doivent surtout pas avoir le temps de les connaître.

— Pour quelle raison ?

— Pour éviter une rupture dont ils ne seraient pas les instigateurs.

— C'est intéressant, continuez.

— Les séducteurs... sont des adolescents en mal de croissance.

Jonathan tenta de l'agripper par un bras, mais Gaëlle fut plus rapide que lui. Elle se leva d'un bond.

— Je comprends mieux votre désir de mettre au point des jeux pour adultes ! lança-t-elle d'un air moqueur.

— Si je vous attrape...

Amusé, Jonathan se leva à son tour pour se lancer à la poursuite de Gaëlle. Au moment où elle allait franchir la porte du salon, il saisit la manche de sa robe de chambre. Déséquilibrée, Gaëlle s'effondra sur le tapis, où Jonathan la rejoignit.

— Ça va ? demanda-t-il avec une pointe d'anxiété.

— Oui... acquiesça-t-elle sans le quitter des yeux.

Jamais elle n'avait remarqué la profondeur de son regard... aussi bleu que la nuit...

Leurs lèvres se soudèrent en un baiser fougueux.

Gaëlle décela une lueur de triomphe dans les yeux de Jonathan, et elle tourna la tête, bouleversée. Elle n'avait pas su lui cacher l'intensité du désir qui la tenaillait...

Jonathan dénoua la ceinture de sa robe de chambre sans rencontrer la moindre résistance. La fine étoffe du pyjama révélait les formes de son corps.

— Vous m'aviez promis... de ne pas profiter... balbutia-t-elle sans force.

— Vous m'avez provoqué avec vos histoires de psychologues.

Ils s'étendit tout contre elle et effleura sa gorge de ses lèvres brûlantes. Les poings serrés, Gaëlle luttait contre les sensations qui la submergeaient. Aussi immobile qu'une statue, elle murmura :

— J'aimerais... un fond musical...

— Si vous y tenez vraiment, d'accord... mais nous pourrions nous en passer.

— Je vous ai entendu jouer du piano... tout à l'heure. C'était magnifique. Est-ce que...

— Je suis ravi d'apprendre que vous avez apprécié... Mais je ne dispose que de deux mains, or...

— J'admire votre talent, Jonathan, coupa-t-elle, fiévreuse. Le piano est une passion, n'est-ce pas ?

— J'en ai bien d'autres... Hélas, je ne puis les satisfaire toutes à la fois ! Nous parlerons musique plus tard.

Comme Gaëlle allait protester, Jonathan l'en empêcha.

— Tenez-vous vraiment à ce que je cesse de vous embrasser ?

— Oui, dit-elle en le repoussant faiblement.

— Menteuse...

— Montrez-moi les jeux que vous voulez informatiser, suggéra-t-elle.

— Etes-vous sûre de vouloir les connaître ?

— Oui... je vous donnerai mon avis.

— Vous êtes sérieuse ? interrogea-t-il, une lueur amusée dans le regard.

Sans se douter du piège tendu par Jonathan, Gaëlle répliqua :

— Vous ne me croyez jamais.

— C'est exact. Vous dites souvent des choses que vous ne pensez pas.

Il bondit sur ses pieds et aida Gaëlle à se lever à son tour.

— Allons dans ma chambre, jeune dame.

— Quoi ?

— Vous voyez ? Vous reculez, j'en étais sûr !

Gaëlle fronçait les sourcils d'un air féroce qui provoqua un éclat de rire de la part de son compagnon.

— N'ayez pas peur ! L'ordinateur se trouve dans

ma chambre. Je vous donne ma parole d'honneur que je n'attenterai pas à votre vertu.

— Je suis sceptique, bougonna-t-elle en le suivant dans le hall.

Jonathan s'assit sur le lit et se tourna vers un panneau de contrôle fixé au mur. L'écran posé sur la commode s'illumina.

— Asseyez-vous donc! intima Jonathan. Vous êtes la première à qui je montre ce jeu, Gaëlle.

Des images de synthèse se mirent à défiler, plus élaborées les unes que les autres.

— C'est merveilleux! s'exclama Gaëlle en s'installant sur le lit.

Puis à la vue des draps satinés, elle s'écria :

— Je croyais que les draps de soie n'existaient que dans les films!

— Essayez-les une seule fois et vous jetterez toutes vos vieilles parures de coton!

— Vos invités... les apprécient-ils?

— Oh oui!

Gaëlle s'aperçut soudain que les pans de sa robe de chambre s'étaient écartés. Elle les resserra d'un geste nerveux.

— Quel dommage! reprocha Jonathan. Vos jambes sont ravissantes. A quoi bon les cacher?

Avant qu'elle ne puisse réagir, Jonathan enserra l'une de ses chevilles entre ses mains. Il se mit à la caresser avec une extrême douceur sous le regard éperdu de Gaëlle.

— Votre ossature est d'une finesse admirable... Pourquoi rougissez-vous? Vous n'aimez pas les compliments?

Bouleversée par les sensations qui l'assaillaient, Gaëlle ferma un instant les yeux.

— Vous m'aviez juré... de ne pas...

— Je mentais, coupa Jonathan d'une voix rauque. Vous me plaisez beaucoup, Gaëlle.

— Qui vous a offert le pyjama que je porte ? demanda-t-elle soudain.

— Elizabeth... Il faudra que je l'en remercie. Il vous va à ravir...

En une fraction de seconde, Gaëlle se retrouva entre ses bras. Elle retenait sa respiration, chavirée par les caresses enivrantes de son compagnon. Elle vivait un instant magique, inoubliable. Désormais, Jonathan envahirait toutes ses pensées les plus intimes...

Soudain, il s'écarta, la laissant seule avec son désarroi. Il se leva d'un bond et, avant de quitter la chambre, il murmura :

— Bonne nuit, Gaëlle. Dormez bien.

Abasourdie et profondément blessée, Gaëlle ne put prononcer le moindre mot. Elle regarda la porte se refermer silencieusement sur l'homme qu'elle aimait plus que tout... Puis elle comprit le rejet de Jonathan. Il avait deviné l'amour qu'elle lui vouait. Gaëlle n'appartenait pas à cette lignée de femmes frivoles et inconsistantes dont il s'entourait. Il ne voulait pas se créer de complications... Par ailleurs, Gaëlle était sa secrétaire, son bras droit en de multiples circonstances. Il ne prendrait pas le risque de la perdre...

Gaëlle enfouit son visage dans l'oreiller pour étouffer ses sanglots. Avant de sombrer dans un sommeil agité, elle se demanda : « Si Jonathan était resté auprès de moi cette nuit, m'aurait-il fait parvenir un bouquet de roses... comme à chacune de ses précédentes maîtresses ? »

11

Gaëlle écoutait d'une oreille distraite les babillages d'Amy, sa petite nièce qu'elle aimait pourtant comme sa propre fille. Elle n'arrivait pas à oublier les événements de la veille. A peine avait-elle franchi le seuil de son bureau, qu'elle comprit la situation. Ses collègues l'avaient accueillie avec un sourire narquois qui ne présageait rien de bon. La nouvelle de sa nuit passée dans le « nid d'amour » de Jonathan s'était répandue plus vite qu'elle ne l'escomptait.

Sans doute les employés avaient-ils lancé des paris en secret. Jusqu'à ce jour, ils s'étaient étonnés du comportement vertueux de Gaëlle. Elle ne l'ignorait pas et en tirait même une certaine fierté.

Si par malheur ils apprenaient que Jonathan et Gaëlle s'étaient contentés de dormir chacun de leur côté, leurs rires fuseraient de toute part, plus vexants que leurs allusions désobligeantes...

Amy posa son bol de lait sur la table.

— Qu'aimerais-tu faire aujourd'hui ? lui demanda Gaëlle.

— Aller au zoo ! lança la gamine, les yeux brillants.

— Oh, mais il y a de la neige, protesta Gaëlle. Par ce temps, les animaux resteront à l'abri dans leurs cages.

Après avoir jeté un coup d'œil à l'extérieur, elle se

rendit compte du changement qui ne manquerait pas de survenir au cours de la journée. La tempête de neige s'était apaisée, remplacée par une vague de froid. Gaëlle n'avait pas envie de sortir. Elle enviait son frère et sa belle-sœur qui, à cette heure, se réchauffaient au soleil de l'Arizona. Lorsqu'ils avaient déposé Amy à son domicile, la veille au soir, leurs yeux brillaient de joie. Ils s'offraient une seconde lune de miel...

Rachel s'était émerveillée à l'annonce des fiançailles de Gaëlle. Elle avait posé maintes questions mais, dans sa précipitation, elle n'avait pas accordé une grande importance aux réponses de Gaëlle. Bientôt la jeune femme devrait révéler le rôle dérisoire qui lui avait été confié. Parviendrait-elle à cacher sa déception ?

— Pourquoi me suis-je éprise de lui ? murmura Gaëlle en hochant la tête d'un air perplexe.

— Tu parles toute seule ! s'écria Amy.

Gaëlle écarquilla les yeux. Plongée dans ses pensées, elle avait oublié jusqu'à l'existence de sa nièce.

— Eh oui, cela m'arrive parfois...

— Pourquoi n'as-tu pas de mari ?

— Parce que je n'ai pas trouvé l'homme de ma vie... Tu peux t'habiller maintenant. Tes vêtements sont sur le lit.

— D'accord, acquiesça la gamine en courant dans sa chambre.

Gaëlle contempla la photo de Craig, au-dessus de la cheminée. Il souriait sur un fond de montagnes brumeuses... Gaëlle secoua la tête pour chasser les doutes qui, depuis quelque temps, éclairaient son passé sous un jour amer. A quoi ressemblait-elle sept ans plus tôt ? Etait-elle aussi naïve que Darrel le prétendait ?

Le souvenir de Craig avait cessé de la tourmenter...

Soudain, la sonnette retentit à la porte d'entrée.

Qui pouvait bien lui rendre visite de si bon matin ? Gaëlle aperçut la voiture de Jonathan par la fenêtre du salon. Elle inspira profondément avant d'ouvrir.

— Bonjour, jeune dame ! M'offrirez-vous un café ?

— Bien sûr, acquiesça-t-elle en l'invitant à la suivre.

Elle jeta un dernier regard sur la photo de Craig avant de se tourner vers son visiteur. Hélas, ce réflexe ne passa pas inaperçu.

— Quand cesserez-vous de vivre dans le passé ? siffla Jonathan sur un ton peu aimable.

Gaëlle lui versa une tasse de café sans mot dire. A la vue du lait éparpillé et des miettes de pain qui recouvraient la table du petit déjeuner, Jonathan haussa les sourcils d'un air surpris.

— Vous ne mangez pas très proprement !

— Ma nièce est responsable de ce désordre.

— Je suis venu dans le but de faire sa connaissance.

— Elle s'habille... Jonathan, je suis désolée pour ce week-end...

— Quand terminerons-nous ce que nous avons entrepris ? coupa-t-il.

— Dès lundi, je vous promets de mettre les bouchées doubles.

Mais Jonathan ne l'écoutait pas. Il la contemplait des pieds à la tête.

— J'aime votre robe de chambre. Elle vous va mieux que la mienne.

— Souhaitez-vous parler affaires ou chiffons ?

Amy surgit dans la pièce. Elle s'immobilisa un instant avant de se réfugier dans les bras de Gaëlle.

— C'est qui ? demanda-t-elle timidement.

— Je m'appelle Jonathan.

Amy lui adressa alors un sourire éblouissant.

— Vous êtes... mon oncle Jonathan ?

Gaëlle rougit, gênée.

— Sa mère lui a parlé... de vous en ces termes, balbutia-t-elle en guise d'explication.

— Vous avez des petites filles ? interrogea Amy.

— Jonathan préfère les grandes ! siffla Gaëlle.

— Bravo ! reprocha le jeune homme dont le sourire s'était figé... Mesdames, quels projets avez-vous pour le week-end ?

— Aucun. Pourquoi ?

— Je vous propose de m'accompagner à Pino Reposo. J'aurais dû y songer plus tôt. Peters sera ravi de s'occuper d'Amy.

— Décidément, le travail compte plus que tout à vos yeux ! bougonna Gaëlle.

Puis elle baissa la tête, au souvenir de ce que la tâche à accomplir signifiait : sa liberté et celle de son employeur. Dès que les papiers fédéraux seraient remplis, Russell Glenn céderait la *Softek* à Jonathan, qui pourrait enfin rompre ses fiançailles... Au lieu de la réjouir, cette perspective bouleversait Gaëlle... Mais l'envie de revoir Pino Reposo la tenaillait en dépit du risque que cela comportait. Gaëlle s'était jurée de ne plus se retrouver seule en présence de Jonathan. Même au bureau, elle appréhendait leurs tête-à-tête.

Pino Reposo... L'eau de la fontaine résonnait dans sa mémoire... Jonathan disait autrefois qu'aucune femme n'avait jamais franchi le seuil de cette maison... pourtant...

— D'accord, nous vous accompagnons, s'entendit-elle murmurer.

Gaëlle se tordait les mains nerveusement dans la voiture, à présent qu'ils approchaient de Pino Reposo.

— Avez-vous prévenu Peters ? s'enquit-elle avec anxiété.

— Oui, je l'ai contacté avant de vous rendre

visite, afin qu'il compte deux personnes de plus ce week-end.

— Vous étiez sûr de vous, n'est-ce pas ? Lui avez-vous dit que l'une d'entre nous se nourrissait essentiellement de confiture et de beurre de cacahuète ?

— Je l'ignorais... Est-ce vrai, Amy ?

— Oui, assura la gamine avec un grand sérieux.

— Très bien, allons nous approvisionner en conséquence.

Jonathan dévia sa route pour prendre la direction du village, tandis que Gaëlle vérifiait l'état de ses finances. A son grand désarroi, son porte-monnaie était vide.

— Oh ! Jonathan, pourriez-vous me prêter un peu d'argent ?

— Votre patron ne vous rémunère-t-il pas suffisamment ?

— J'ai oublié...

— Ne prenez pas cet air horrifié ! coupa le jeune homme en riant.

L'épicerie du village ressemblait à un bazar où il régnait un désordre hallucinant. Pendant que Gaëlle réglait ses achats, Jonathan feuilletait distraitement un magazine.

— On ne lit pas un journal sans l'acheter ! reprocha Gaëlle en le rejoignant.

Par-dessus son épaule, elle aperçut avec stupeur une photo qui la représentait, avec en titre, l'annonce de ses fiançailles avec le magnat de l'électronique.

— Alors... vous ne plaisantiez pas... souffla-t-elle, indignée.

— Je n'ai jamais contacté les journaux. Ceci est l'œuvre de votre amie, Elizabeth.

— De quel côté est-elle donc ? murmura Gaëlle en regrettant aussitôt ses paroles. Dieu que j'ai honte ! Quand cette comédie cessera-t-elle ?

Jonathan sortit du magasin sans se donner la peine de répondre.

Le reste du trajet se poursuivit en silence. Lorsqu'elle descendit de voiture, Gaëlle était au bord des larmes.

— Jonathan... il faut que vous sachiez que je souffre terriblement de cette situation...

— Je ne l'ignore pas, Gaëlle. Je vous promets un retour à la normale très rapidement.

Le week-end se déroula tranquillement. En dépit du travail accompli pendant ces deux jours, Gaëlle ne ressentait aucune fatigue. Pino Reposo était une maison où l'on appréciait chaque minute de détente à sa juste valeur.

Amy et Underdorg s'étaient découvert des points communs et ne se quittaient plus. Gaëlle enviait leurs insouciance, leur joie de vivre...

Dès que Jonathan aurait persuadé Russell de lui vendre la *Softek*, la routine reprendrait son rythme monotone. Si l'échéance ne faisait plus aucun doute, on ne pouvait cependant guère en préciser la date. Les démarches administratives risquaient de se prolonger bien au-delà de leurs prévisions.

Jonathan souffrait-il aussi de la situation ? Gaëlle n'aurait su le dire. Pourtant, cette vie sage et bien rangée ne lui ressemblait pas... Si Russell n'était pas intervenu dans ses projets, il n'aurait jamais remarqué la femme qui se cachait en sa secrétaire...

L'avenir s'annonçait morose pour Gaëlle. Elle ne resterait pas au service de Jonathan lorsque ses affaires seraient réglées. Vivre dans son ombre comme avant serait au-dessus de ses forces. Elizabeth tiendrait-elle ses promesses ? Lui offrirait-elle la chance de s'enfuir, de travailler à Chicago, loin de Jonathan ?

Etait-ce bien raisonnable ? Elizabeth lui rappellerait son amour impossible... Il fallait envisager une autre solution.

Autrefois, Gaëlle rêvait de devenir comptable.

Etait-il encore temps de songer à une formation? Darrel était optimiste à cet égard. Il l'aiderait à prendre la décision qui convenait... Par ailleurs, Gaëlle avait suffisamment d'argent de côté pour ne travailler qu'à mi-temps tout en poursuivant des études...

Le lundi matin, Gaëlle eut le déplaisir de ne pas trouver Amy dans sa chambre. Un sursaut de panique l'étreignit à l'idée que la gamine se fût enfuie...

Elle enfila son peignoir et descendit dans la cour... Si Amy était tombée dans le bassin... Puis, une voix enfantine lui parvint de la salle à manger.

Elle se précipita dans cette direction, et à son grand soulagement, elle aperçut sa nièce qui dévorait son petit déjeuner à belles dents.

— Elle a commencé par vider mon assiette! expliqua Jonathan.

— Je préfère les céréales au beurre de cacahuète, déclara Amy en souriant.

— Ta maman sera ravie de l'apprendre!

Peters entra à pas feutrés.

— Que désirez-vous prendre, Miss Bradley?

— Juste un café, merci.

Le majordome s'éloigna en hochant la tête.

— Vous lui brisez le cœur, murmura Jonathan. Il pense que vous n'aimez pas sa cuisine.

— C'est faux... je n'ai pas très faim, voilà tout.

— Pourtant, après le travail que vous avez fourni, il faut que vous repreniez des forces... Nous partons dans une heure, pour ne pas arriver trop tard au bureau. Cela vous convient-il?

Gaëlle acquiesça d'un petit signe de tête. A l'idée de quitter Pino Reposo pour toujours, son cœur se serra. Elle se rappellerait cette maison toute sa vie...

— Qui vous a offert Underdog? demanda-t-elle soudain.

— Mon frère, après que j'ai acheté un perroquet à son fils.

136

— Vous avez de la chance qu'il ne se soit pas vengé.

— En effet ! Je m'attendais à un singe !

Jonathan amorça le mouvement de prendre la main de Gaëlle mais il y renonça. Il se leva d'un bond et se dirigea à grands pas vers la porte.

Gaëlle s'accorda un moment de répit avant de le suivre. Elle se passa une main dans les cheveux, surprise de constater qu'elle n'avait pas pris la peine de les coiffer avant de se lancer à la recherche d'Amy... Jonathan n'avait émis aucun commentaire à la vue de sa tenue négligée...

Le retour en ville se fit tranquillement. Gaëlle garda le silence tout au long du chemin. D'une oreille distraite, elle écouta les propos de ses compagnons de route, sans se joindre à leur bonne humeur.

Ils déposèrent Amy chez ses parents sans s'attarder. Rachel ouvrit de grands yeux à la vue de Jonathan et le pria de dîner chez eux le vendredi suivant...

Dans l'ascenseur, Jonathan annonça :

— Russel Glenn doit venir ce matin. Dès qu'il arrivera, je vous prie de le conduire dans mon bureau. Et surtout, que personne ne nous dérange.

Gaëlle se contenta d'un hochement de tête. Au même moment, un commis de magasin s'annonça.

— Miss Bradley ? Je viens de la galerie Harrington. On m'a chargé de vous livrer ceci.

Après avoir défait l'emballage du tableau, Gaëlle constata avec stupeur qu'il s'agissait de l'aquarelle contemplée quelques jours plus tôt. Une note l'accompagnait. Elle la lut à haute voix :

— « Pour Miss Gaëlle Bradley, de la part de M. et Mme Whitney Logan, avec tous leurs vœux de bonheur. » C'est impossible... Je ne peux pas accepter.

— Seigneur, ma mère s'y met, elle aussi !

— Je vous rappelle que les journaux ont annoncé nos fiançailles !

— Miss Bradley, demanda le commis, souhaitez-vous que j'accroche ce tableau ?

— Laissez... Je m'en occuperai...

Jonathan tourna les talons mais avant de s'enfermer dans son bureau, il lança :

— Appelez l'hôtel où séjourne Russell Glenn. Assurez-vous qu'il n'a pas oublié notre rendez-vous.

Gaëlle décrocha le combiné tout en contemplant l'aquarelle. C'était une splendeur... Hélas, elle ne lui appartiendrait jamais. Elle attendrait la rupture officielle de ses fiançailles pour la rendre à la galerie, après avoir prié M. et Mme Logan de ne pas lui en vouloir... La situation commençait sérieusement à se compliquer. Pourquoi Jonathan avait-il permis que la nouvelle s'ébruite dans tout le pays ?

Russell Glenn arriva à l'heure convenue. Pendant l'entretien qui le retint dans le bureau de Jonathan, Gaëlle tenta en vain de se concentrer sur son travail. Son esprit vagabondait... son avenir dépendait des conclusions que les deux hommes ne manqueraient pas de tirer.

Elle contempla le saphir à son doigt. « C'est drôle, je n'avais jamais fait le rapprochement. Cette pierre ressemble à un œil... qui m'observe. »

Elle n'eut pas le loisir de réfléchir à cette nouveauté. Le téléphone interrompit le cours de ses pensées.

— Le bureau de M. Logan, annonça-t-elle en décrochant.

— Gaëlle ? Bonjour. Larry à l'appareil.

Les deux jeunes gens ne s'étaient pas vus depuis longtemps. Larry cesserait-il un jour de l'importuner ?

— Darrel m'a annoncé vos fiançailles, dit-il sans émotion. Je tenais à vous présenter tous mes vœux de bonheur.

Gaëlle se demanda si en d'autres circonstances, elle aurait fini par accepter la tendre sollicitude de Larry... A quoi bon se poser une telle question puisque désormais son cœur ne battait plus que pour Jonathan ?

Elle remercia le jeune homme en maîtrisant le tremblement de sa voix.

Une heure plus tard, Russell sortit du bureau. Il s'entretint un instant avec Gaëlle avant de partir. Il paraissait d'excellente humeur... tandis que Jonathan fronçait les sourcils d'un air qui ne présageait rien de bon. Dès que Russell eut disparu, il dit :

— Venez dans mon bureau, Gaëlle.

La jeune femme obtempéra, bloc-notes en main. Son cœur battait à un rythme fou. L'heure de la rupture était proche. Parviendrait-elle à cacher sa détresse ?

— Que s'est-il passé ? s'enquit-elle.

— Nous devons fêter un heureux événement ! lança Jonathan en se dirigeant vers le meuble qui lui servait de bar.

Après avoir débouché une bouteille de champagne, il ajouta :

— Russell me cède la *Softek* à un prix très raisonnable.

— Comment vous y êtes-vous pris ?

— Comme nous en étions convenus. Je lui ai prouvé que si la *Softek* ne prenait pas plus d'ampleur au cours des mois à venir, elle serait condamnée à fermer ses portes. En revanche, mes investissements permettraient d'en faire une société de programmation très compétitive. J'ai menacé Russell de me désintéresser de ses soucis, s'il ne signait pas un accord aujourd'hui même. C'était à prendre ou à laisser.

Comme Gaëlle ne répliquait pas, Jonathan lança, enjoué :

— Voyons, Gaëlle, souriez ! Tout est fini ! Peu

importe la lenteur des démarches administratives, l'affaire est réglée. Russell ne peut plus revenir sur sa décision.

— Tout est fini, répéta-t-elle, incrédule, avant de boire une gorgée de champagne.

— Russell et Krystal quitteront Denver dès demain. Je les ai invités ce soir...

A l'idée de se retrouver à la même table que Jonathan une dernière fois, le cœur de Gaëlle se serra douloureusement.

— Non, souffla-t-elle d'un air horrifié.

— Que voulez-vous dire ?

— Rien... travaillons, voulez-vous ? suggéra-t-elle en baissant la tête sur son bloc.

— Gaëlle, expliquez-vous !

— Tout est réglé, n'est-ce pas ? Finissons-en.

— De quoi parlez-vous ?

— Annonçons notre rupture sur-le-champ. Des lettres de félicitations nous parviennent chaque jour. Il est grand temps que cela cesse. Vous vous chargerez de votre famille ; quant à moi, je m'occuperai de vos relations professionnelles.

— Vous ne perdez pas de temps ! reprocha-t-il d'un air sombre. A quoi bon précipiter les choses ?

Gaëlle soutint son regard sans ciller.

— Pourquoi retarderions-nous l'échéance ? Voulez-vous que je parle à Elizabeth à votre place ?

— Inutile, je m'en chargerai.

— Il faut que je prévienne mon frère.

— Russell risque de très mal prendre cette nouvelle !

— Je croyais que son avis n'avait plus la moindre importance !

Après avoir inscrit quelques notes sur son bloc, elle ajouta :

— Le tableau retournera à la galerie dès demain. Nous n'aurions jamais dû le déballer.

— Pourquoi le rendre, puisqu'il s'agit d'un cadeau ?

— Il était destiné à votre fiancée... ce que je ne suis plus.

Jonathan baissa les yeux sur ses mains jointes avant de murmurer :

— Je téléphonerai à la galerie... puis à mes parents.

— Merci... Dites à votre mère...

Sa voix se brisa, mais très vite, Gaëlle retrouva son calme, tout au moins en apparence.

— Dites-lui que son attention m'a profondément touchée. J'aurais aimé la rencontrer.

Gaëlle se mordit la lèvre, maudissant cet accès de sincérité tout à fait hors de propos. Elle contempla le saphir qui brillait d'un éclat encore plus lumineux que d'ordinaire... Elle réprima les larmes qui montaient à ses yeux et fit glisser l'anneau de son doigt. Elle le serra un instant contre son cœur avant de le déposer sur le bureau. Gaëlle venait de se séparer de ce qu'elle avait de plus précieux au monde...

— Cette bague vous appartient, Gaëlle ! protesta Jonathan. Notre marché incluait cette clause.

Gaëlle secoua lentement la tête.

— Je n'en veux pas.

— Conservez-la, puisqu'elle ne représente rien !

Gaëlle aurait pu le gifler pour avoir proféré une remarque aussi humiliante. « Ce saphir n'est qu'un objet sans valeur à vos yeux... »

— Veuillez m'excuser, le travail m'attend, déclara-t-elle en se levant.

— Gaëlle ?

Elle s'immobilisa à la porte, dans l'attente de ce qui allait suivre. Jonathan saisit l'anneau entre ses doigts. Il le contempla longuement sous toutes ses faces avant de lever les yeux vers Gaëlle.

— Est-ce... vraiment fini ?

Gaëlle ébaucha un sourire triste.

— Voyons, monsieur Logan, en douteriez-vous ?

Sur ces mots, elle quitta le bureau de son patron sans un regard en arrière...

12

Gaëlle relisait une lettre qu'elle venait de taper. A la vue de ses fautes de frappe, elle déchira la feuille en mille morceaux. Les nerfs à bout, elle se prit la tête entre les mains après avoir jeté un coup d'œil à sa montre. Hélas, l'après-midi ne touchait pas à sa fin. Elle se sentait si lasse qu'elle avait l'impression d'avoir travaillé sans relâche depuis dix jours.

La scène qui l'avait opposée à Jonathan lors de la remise du saphir l'avait terriblement affectée. Gaëlle sursautait dès que la porte de son bureau s'ouvrait... Son travail ne la passionnant plus, elle vivait comme un automate.

Comme convenu, Jonathan avait invité une dernière fois les Glenn au restaurant. Gaëlle s'était occupée de la réservation de leur table. Russell s'était-il étonné de son absence ? Jonathan l'avait-il mis au courant ? Quelle importance, de toute façon ? Pour, sa part, Gaëlle était rentrée chez elle, ce soir-là, et après avoir versé toutes les larmes de son corps, elle s'était endormie.

Les journaux se délectaient de leur brève histoire d'amour. Ils spéculaient sur les raisons de leur rupture, énonçant des hypothèses plus absurdes les unes que les autres. Jonathan entretenait leurs médisances. Il sortait tous les soirs, arrivait au bureau en retard, la mine sombre et les traits tirés...

Après un profond soupir, Gaëlle se remit à l'ouvrage sans arriver à se concentrer. Elle ne parvenait pas à prendre la seule décision qui convenait : démissionner.

Soudain, la sonnerie du téléphone retentit.

— Le bureau de M. Logan, dit-elle en décrochant.

— Gaëlle, pourquoi refusez-vous de dîner avec nous la semaine prochaine ?

La jeune femme soupira.

— Bonjour, Elizabeth.

— Hélène vient de me lire votre petit mot d'excuse... glacial, je dirais.

— Comprenez-moi, Elizabeth. Votre belle-mère m'a écrit parce qu'elle me prenait pour la fiancée de Jonathan. L'invitation était justifiée... elle ne l'est plus aujourd'hui. Ce serait très gênant...

— Hélène est profondément déçue.

— Pour quelle raison ?

— Elle voudrait vous connaître.

— Je ne déjeunerai pas avec la mère de Jonathan.

— Alors, attendez-vous à la voir surgir au bureau, un de ces jours !

— Non !

— Hélène est très imprévisible... Je parle en connaissance de cause. Je vous conjure de suivre mon conseil.

— Je ne tiens pas à renouveler une telle expérience ! A propos, les factures de mes achats sont arrivées ce matin.

— A combien s'élève la note ?

— Je l'ignore. Je n'ai pas osé regarder.

— Vous manquez de cran, Gaëlle !

Après un long silence, Elizabeth reprit son sérieux.

— Votre rupture n'est pas une plaisanterie, n'est-ce pas ?

— Elizabeth, je ne me suis pas amusée dans mon rôle !

— Jonathan s'est-il montré désagréable ?

144

— Non...

Depuis que la comédie était achevée, Jonathan était redevenu égal à lui-même : à peine courtois, indifférent. « Il me traite comme l'un de ses maudits ordinateurs », songea Gaëlle avec une pointe d'amertume.

— Dites-lui que c'est moi qui vous ai poussée à acheter ces vêtements. Il ne vous en tiendra pas rigueur...

Gaëlle était lasse de cette conversation.

— Il faut que je vous laisse, coupa-t-elle.

— Très bien. Nous serons à Denver vendredi. J'espère que vous changerez d'avis et déjeunerez avec nous.

Gaëlle appréhendait un entretien avec Elizabeth. Sa détresse ne lui échapperait pas. Quelques minutes suffiraient à éclairer la situation ; or Gaëlle voulait à tout prix cacher l'amour qui la consumait...

La famille Logan devait se réunir à l'occasion de la semaine annuelle de ski. Gaëlle se demandait quelle attitude adopter. La meilleure solution serait de prétexter une grippe qui l'éloignerait du bureau en attendant que le séjour des Logan s'achève.

Gaëlle jeta un coup d'œil par la fenêtre sur les faubourgs enneigés de Denver. Elle craignait une réaction violente de la part de Jonathan lorsqu'il prendrait connaissance des factures... Il était parti à l'usine ; si la chance était au rendez-vous, Gaëlle aurait déjà quitté son poste à son retour...

Hélas, elle s'était forgé de belles illusions. Mais, contrairement à ses prévisions, Jonathan ne lui adressa pas le moindre reproche. Gaëlle s'était préparée à un orage qui n'éclata pas.

Rachel lui rendit visite une demi-heure avant la fermeture des bureaux, accompagnée d'Amy.

— Qu'est-ce qui t'amène ? demanda Gaëlle.

— Eh bien au téléphone, tu n'hésites pas à refuser une invitation ; c'est pourquoi je viens en personne...

nòn, non, laisse-moi finir ; pour te demander de dîner avec nous ce soir.

— C'est gentil mais…

— Pas de mais. Nous passerons te prendre vers sept heures.

— Bon, d'accord.

Au même moment, Jonathan fit irruption dans la pièce.

— Gaëlle vous êtes-vous chargée des réservations ?

— Vous savez très bien que je n'oublie jamais, rétorqua-t-elle.

Il la dévisagea longuement avant de se tourner vers Amy qui lui souriait.

— Oncle Jonathan ! cria-t-elle enjouée.

— Comment vas-tu, petite ?

— Emmène-moi au zoo !

— Voyons, Amy ! reprocha Rachel.

Jonathan se baissa pour prendre la gamine dans ses bras.

— Si je t'emmenais au zoo, le gardien ne te laisserait pas repartir ; il t'enfermerait dans la cage des singes !

Il déposa un tendre baiser sur sa joue avant de la lâcher. Puis, il adressa un aimable salut de la tête à Rachel avant de lancer :

— Gaëlle, appelez Peters, s'il vous plaît. Dites-lui que je passerai le week-end à Pino Reposo.

Il faisait nuit noire lorsque Gaëlle sortit de la *Compagnie Logan*. Elle se réjouissait à la perspective de dîner en ville, car depuis quelque temps, elle avait rarement l'occasion de se divertir. Elle portait la robe achetée aux frais de Jonathan. Hélas, le saphir ne la rehausserait pas de son éclat…

Sur son chemin, elle s'accorda une halte devant la galerie de peinture. Chaque jour, elle contemplait l'aquarelle un court instant… L'aquarelle qui lui aurait appartenu si... Mais à son grand désarroi, elle avait été remplacée ce jour-là par une nature morte. Une grande tristesse l'étreignit tandis que son récent passé s'envolait en fumée... Elle reprit sa route, tête basse.

La soirée fut une véritable catastrophe, contrairement à ses prévisions. Pourquoi s'était-elle achevée de cette horrible façon ?

Larry accompagnait son frère et sa belle-sœur lorsqu'ils vinrent la chercher. Au lieu de se montrer hostile, Gaëlle avait éclaté d'un rire grinçant ; un rire choquant, comme en témoignèrent les regards horrifiés de ses compagnons.

Comble de malchance, ils s'installèrent à la table voisine de celle de Jonathan qui dînait avec Nathalie Weston. La jeune femme lui avait adressé un sourire triomphant. Sans tenir compte de cette provocation, Gaëlle l'avait saluée aimablement avant de lui tourner le dos pour se lancer dans une conversation animée avec Larry, jusqu'à ce que Jonathan et Nathalie se décident à partir. Puis, épuisée par l'effort qu'elle avait fourni, Gaëlle s'était ensuite enfermée dans son mutisme.

Elle passa la nuit à réfléchir. Après avoir retourné son problème en tous sens, elle en arriva à la seule solution acceptable. Il fallait quitter Denver à jamais, afin d'oublier Jonathan...

Au petit matin, Gaëlle se délassa longtemps sous la douche avant de revêtir pour la dernière fois son tailleur noir...

Un pâle soleil hivernal accompagnait ses pas tandis qu'elle gagnait son poste à la *Compagnie Logan*. Dans le hall, elle croisa Nathalie Weston.

— Bonjour, Gaëlle ! lança celle-ci d'un air narquois.

Elle portait une ravissante cape de velours sur un élégant costume de ville. Après un regard dédaigneux sur son interlocutrice, Nathalie ajouta :

— Je suis vraiment désolée pour hier soir. Jonathan ne s'est pas montré très galant en quittant le restaurant si vite après votre arrivée.

Gaëlle s'apprêta à reprendre sa route, mais Nathalie l'agrippa par le bras.

— Pauvre petite ! C'est affreux de passer une seule nuit dans son « nid d'amour » ! Il fallait cependant vous y attendre. Vous connaissez Jonathan aussi bien que moi.

Gaëlle ne se donna pas la peine de répliquer. Elle toisa Nathalie d'un air hautain avant de se diriger vers la réception où Thomas l'accueillit avec ces mots :

— Ne faites pas attention à cette femme... Elle ne représente rien aux yeux de M. Logan.

Gaëlle réfréna son envie de rétorquer : « Vous avez raison, Thomas. Jonathan est un égoïste de la pire espèce. Il se moque de toutes les femmes... »

Dans son bureau, elle se mit à l'ouvrage sans perdre une seconde.

— Vous êtes matinale ! lança Jonathan à son arrivée.

— J'ai beaucoup de travail, monsieur Logan, répliqua-t-elle tranquillement, avant de s'asseoir, prête à prendre des notes.

— Pourquoi m'appelez-vous à nouveau par mon nom de famille ?

— Parce que cela me semble plus correct.

Gaëlle s'interrogeait sur l'attitude à adopter. Devait-elle l'informer de sa décision dès maintenant, où attendre de rédiger sa lettre de démission ?

Jonathan s'installa à son bureau et compulsa brièvement les dossiers posés devant lui.

— J'aimerais que vous contactiez Peters afin de lui confirmer ma venue à Pino Reposo.

148

— Très bien.

— Par ailleurs, vous enverrez des fleurs à...

— Non ! coupa Gaëlle.

— Qu'avez-vous dit ?

— J'ai dit non.

A l'idée de faire parvenir des fleurs à Nathalie Weston, le cœur de Gaëlle se souleva. Elle ajouta d'une voix dure :

— Je ne m'occuperai plus de vos réservations de restaurant, ni de vos cadeaux. J'estime que c'est à vous de vous en charger.

Jonathan fronçait les sourcils, incrédule.

— Au cas où vous songeriez à me licencier, reprit-elle, inutile de vous donner cette peine ; je démissionne de mes fonctions.

— Vous êtes tenue d'effectuer un préavis de quatre semaines ; je suppose que vous ne l'ignorez pas ?

— Il n'en est pas question, jeta Gaëlle en se levant. Je vous conseille de contacter une agence dès aujourd'hui. Je pars !

Sur ces mots, elle tourna les talons. Sans s'attarder, elle saisit son manteau, son sac, et courut dans l'ascenseur. Thomas écarquilla les yeux lorsqu'elle franchit le hall à vive allure.

— Miss Bradley, que se passe-t-il ?

Sans prendre la peine de répondre, Gaëlle poussa la porte vitrée qui donnait sur la rue. Mais une voix dure et sèche comme un coup de fouet suspendit son geste.

— Gaëlle, revenez immédiatement ! rugit Jonathan. Sinon, je vous traîne en justice pour vous être servie de ma carte de crédit !

— Vous m'aviez autorisée...

— Vous n'aviez pas le droit de vous offrir une nouvelle garde-robe à mes frais !

Gaëlle marqua un temps d'hésitation qui lui fut

fatal. Jonathan la rejoignit et l'agrippa fermement par le bras.

— Montons au bureau discuter de tout ceci.

— Non ! s'écria-t-elle en se débattant sous le regard stupéfait de Thomas.

Jonathan la souleva de terre et, chargé de son fardeau, il se dirigea vers l'ascenseur.

— Thomas, appuyez sur le bouton, s'il vous plaît, intima-t-il.

— Thomas, si vous osez... commença Gaëlle avant d'être interrompue.

— Je suis désolé, Miss Bradley. Mon devoir me commande d'obéir.

Lorsque la cabine de l'ascenseur arriva, Jonathan lâcha Gaëlle sans cependant la quitter des yeux.

— Vous avez le choix entre me suivre ou rester ici. Si vous préférez que nous nous expliquions en public, à votre aise. Peu m'importe le qu'en-dira-t-on. Alors ?

Gaëlle préféra ne pas insister, mais lorsque Jonathan pressa sur le bouton qui correspondait à son appartement, elle s'écria :

— Pourquoi n'allons-nous pas simplement au bureau ?

— Je ne veux pas être dérangé, dit-il en la poussant dans le couloir.

La porte de l'appartement se referma silencieusement sur eux.

— Je ne resterai pas longtemps ! précisa Gaëlle.

Jonathan se débarrassa de son veston qu'il jeta sur un canapé.

— Je prépare du café... à condition que vous ne me jetiez pas votre tasse à la figure !

— Ne craignez-vous pas que je m'enfuie pendant ce temps ?

— Non, l'alarme est branchée. Si vous ouvrez la porte, la police de Denver vous interceptera bien avant que vous ne quittiez l'immeuble.

« Il ment ! » songea Gaëlle. Elle préféra cependant ne pas vérifier. Elle fusilla Jonathan du regard.

— Calmez-vous, je n'ai pas l'intention de vous frapper !

Ils s'installèrent au salon pour boire leur café. Après une longue hésitation, Gaëlle demanda :

— Pourquoi m'avez-vous suivie dans le hall ? Si je n'avais pas démissionné, vous m'auriez licenciée...

— Quelle idée !

— Voyons, Jonathan, soyez sincère ! Vous auriez préféré perdre la *Softek* plutôt que de devoir jouer les chevaliers servants plus longtemps !

— C'est faux ! Je n'aurais jamais abandonné la partie. J'ai poussé Russell dans ses derniers retranchements. S'il avait résisté, j'aurais attendu qu'il soit dans de meilleures dispositions... En réalité, je comptais vous donner une promotion, Gaëlle. Dès que la *Softek* m'appartiendra, je veux que les éléments les plus valables de la compagnie la prennent en charge. Vous aurez la responsabilité...

— Non, merci, coupa Gaëlle.

Elle ne s'était donc pas trompée. Jonathan souhaitait éloigner sa secrétaire...

— Inutile de m'acheter, monsieur Logan, puisque je pars.

— A quoi bon prendre une décision aussi absurde ?

Il la dévisageait avec une insistance insoutenable. Gaëlle baissa les yeux sur ses mains jointes.

— Avez-vous trouvé un emploi ? Larry vous aurait-il proposé un poste dans sa société ? Vous étiez bien avec lui, hier soir ?

— Oui... mais je ne songe pas à travailler à son service. J'aimerais reprendre des études...

— Vous ne voulez pas m'avouer vos véritables motivations !

— Très bien, monsieur Logan, vous l'avez

cherché. Peu m'importe mon avenir... Je ne veux plus vous revoir.

— Voilà qui est plus proche de la vérité ! Vous m'en voulez d'avoir bouleversé votre routine. Vous vous complaisiez dans votre passé...

— J'aimais Craig, murmura-t-elle.

— Cette idée vous conforte... mais votre sérénité est à jamais compromise.

— Bravo, monsieur Logan ! Quelle perspicacité !

— Derrière vos airs froids se cache une femme sensible, passionnée. Je vous l'ai prouvé... et j'en suis fier !

— Cela ne m'étonne pas ! Vous n'êtes qu'un...

— Je vous arrête ! Vos accès de colère révèlent votre véritable tempérament. Autrefois, vous n'auriez jamais osé m'insulter. Vous avez changé, Gaëlle...

Elle se prit la tête à deux mains, bouleversée.

— Je comprends votre désir de vous enfuir, reprit Jonathan d'une voix très douce. Ces dernières semaines nous ont l'un et l'autre passablement affectés. Ne partez pas Gaëlle... Ne me quittez pas...

— Vous trouverez une autre secrétaire.

— Je n'en veux pas ; j'ai besoin de vous.

— Des gens arrêtent de fumer tous les jours, Jonathan. S'ils peuvent se passer de cigarettes, vous vous passerez de moi.

Elle se leva d'un bond pour se diriger vers la porte. Mais soudain, son regard fut attiré par une tache de couleur qu'elle reconnut aussitôt. L'aquarelle qu'elle aimait tant reposait sur la cheminée...

— Vous l'aviez rendue à la galerie... Je le sais, je l'y ai vue. Pourquoi...

Jonathan s'approcha doucement.

— Ce tableau fait partie de ma vie... tout comme vous, Gaëlle.

Elle secoua la tête d'un air incrédule.

— Je comptais vous l'offrir ultérieurement.

— On ne m'achète pas, murmura-t-elle avant de toiser son compagnon. Vous êtes ignoble ! J'ai croisé Nathalie Weston, ce matin dans le hall.

— Et vous en avez déduit qu'elle venait de me quitter.

— C'est exact. Une heure plus tard, vous me demandiez d'envoyer des fleurs...

— A un ami qui est à l'hôpital, coupa Jonathan.

— Je ne vous crois pas !

— Pourtant, c'est la vérité... Pendant ces dix derniers jours, je ne vous cacherai pas que je suis sorti tous les soirs avec des femmes différentes. Hélas, votre visage m'obsédait...

— Il n'a rien d'extraordinaire !

— J'ai essayé de m'en convaincre... en vain. Malheureusement, vous aimez votre défunt fiancé. Comment lutter contre un mort ? Cependant, je suis sûr que je ne vous suis pas indifférent. Vous ne me parleriez pas ainsi... Donnez-moi une chance, Gaëlle...

Elle ferma les yeux. S'agissait-il d'un mauvais rêve ? Son imagination lui jouait-elle des tours ? Mais non, Jonathan était bien réel... Une tendresse infinie brillait dans ses yeux.

— Nous ne pouvons pas... retourner en arrière, balbutia-t-elle, éperdue.

— Nous sommes faits l'un pour l'autre, Gaëlle. Mon instinct me trompe rarement.

— Pourquoi... n'avez-vous pas... dormi avec moi, la nuit de la tempête ?

— Tenez-vous vraiment à le savoir ?

— Oui...

— Parce que je ne voulais pas vous traiter comme les autres... La première fois que nous ferons l'amour...

— Vous êtes bien sûr de vous ! coupa-t-elle d'une voix mal assurée. Pourquoi ne m'emmenez-vous pas dans votre chambre sur-le-champ ?

— J'ai peur... que vous me repoussiez, Gaëlle. Autrefois, je ne comprenais pas l'amour que mon frère vouait à Elizabeth. Il ne supportait pas son absence... Aujourd'hui, je souffre dès que je vous perds de vue.

La voix de Jonathan vibrait d'émotion... Gaëlle se boucha les oreilles pour ne plus l'entendre.

— Non... non...

Mais le jeune homme ne tint pas compte de cette plainte. Il prit Gaëlle dans ses bras pour l'étreindre avec fougue.

— Je suis fou de vous, Gaëlle.

— C'est impossible...

— Je n'ai jamais dit cela à personne. Un jour, vous m'avez demandé ce que je ferais si je surprenais la femme que j'aime entre les bras d'un autre... J'ai longuement réfléchi à cette question. Hélas, je n'aurai jamais l'occasion de m'expliquer d'homme à homme avec Craig... Je ne vous forcerai pas à m'aimer, Gaëlle. J'attendrai...

— La patience n'est pourtant pas votre fort. Que voulez-vous de moi, Jonathan ?

— Que vous soyez ma femme. Vous disiez que ce serait la pire des éventualités. Je serai un bon époux...

— Seigneur ! Vous me demandez en mariage !

— Eh oui... Acceptez, je vous en supplie. Vous ne le regretterez pas.

Gaëlle éclata d'un rire nerveux qui déconcerta son compagnon. Puis, elle blottit sa tête dans le creux de son cou.

— Je serai votre épouse, Jonathan, souffla-t-elle d'une toute petite voix.

Il sortit alors le saphir de sa poche.

— Je vous ordonne de porter cette bague et de ne plus jamais la quitter, sous aucun prétexte !

— Oui, patron.

— Gaëlle, un jour vous me parlerez de Craig... Ce

devait être un type formidable. J'aimerais tant lui ressembler...

Emue, elle se serra contre lui de toutes ses forces.

— Craig fut mon premier amour. Je le croyais irremplaçable, mais je me trompais. Je le sais depuis peu... Vous êtes l'homme de ma vie, Jonathan...

— Vous êtes sincère ?

Gaëlle acquiesça par un faible battement de paupières.

— Cessez de me regarder ainsi, reprit Jonathan... Sinon je vous emmène dans la chambre où je vous donnerai une leçon dont vous vous souviendrez toute votre vie.

— Je vous suis, dit-elle tranquillement.

Harlequin vous offre dès aujourd'hui de partager et sa-
vourer la nouvelle série Harlequin Édition Spéciale…les
meilleures histoires d'amour.

Des millions de lectrices ont déjà accueilli avec enthousiasme ces histoires passionnantes. Venez découvrir avec
elles la Série Édition Spéciale.

FES-A-1

Harlequin Tentation

De nouveaux romans sensuels, chaleureux, excitants, où l'amour triomphe des contraintes, des dilemmes, et vient réchauffer votre cœur comme une caresse...

Dites oui à l'amour, à l'infinie tendresse d'un sourire partagé, à la secrète complicité de deux corps vibrant l'un contre l'autre.

Harlequin Tentation, 3 nouveaux titres par mois! Vous les trouverez dès aujourd'hui chez votre dépositaire.

Harlequin Tentation, **on n'y résiste pas!**

TENT-1

Collection Harlequin

Les chefs-d'oeuvre du roman d'amour

Recevez *chez vous* 6 nouveaux livres chaque mois... et les 4 premiers sont GRATUITS!

Associez-vous avec toutes les femmes qui reçoivent chaque mois les romans Harlequin, sans avoir à sortir de chez vous, sans risquer de manquer un seul titre.

Des histoires d'amour écrites pour la femme d'aujourd'hui

C'est une magie toute spéciale qui se dégage de chaque roman Harlequin. Écrites par des femmes d'aujourd'hui pour les femmes d'aujourd'hui, ces aventures passionnées et passionnantes vous transporteront dans des pays proches ou lointains, vous feront rencontrer des gens qui osent dire "oui" à l'amour.

Que vous lisiez pour vous détendre ou par esprit d'aventure, vous serez chaque fois témoin et complice d'hommes et de femmes qui vivent pleinement leur destin.

Une offre irrésistible!

Recevez, *sans aucune obligation de votre part,* quatre romans Harlequin tout à fait *gratuits!*

Et nous vous enverrons, chaque mois suivant, six nouveaux romans d'amour, au bas prix de $1.75 chacun (soit $10.50 par mois) sans frais de port ou de manutention.

Mais vous ne vous engagez à rien: vous pouvez annuler votre abonnement à tout moment, quel que soit le nombre de volumes que vous aurez achetés. Et, même si vous n'en achetez pas un seul, vous pourrez conserver vos 4 livres gratuits!

Achevé d'imprimer en juin 1986
sur les presses de l'Imprimerie Bussière
à Saint-Amand-Montrond (Cher)

— N° d'imprimeur : 858. —
— N° d'éditeur : 1156. —
Dépôt légal : juillet 1986.

Imprimé en France